U0683722

芳香盈路

漫步时光的旅行

蜜果 著

龙 门 书 局

北京

内 容 简 介

　　总觉得，并不是我选择了旅行，而是这种四处游历的生命形态选择了我。当我还是小女孩时，父亲每次出差都会带着酷爱埋首书堆的我，因为他相信对生命的感知和了解不仅来源于书本，还应不放弃每一个与真实世界接触的机会。他将这种"读书与旅行"相互辅证的生活态度深植于我幼小的心中，现实与内心的碰撞激发出与众不同的生命体验。从此，我无可救药地成为了一个行者，用我的眼、我的心探看着世界，从不疲倦。

　　从历史到今天，从自然到风物，消逝的与呈现的，遗忘的与铭刻的，一段段旅程便如一段段起起落落的歌谣，聆听的同时，亦有分享的渴望。生命的美妙恰在于它的不可知，从相寻、相遇，到相偕，山水转折处，我竟无意间收获了最美丽、珍贵的馈赠。世界为我们开启了新的篇章，我的旅程也因此而异彩纷呈。所以我相信，此际跃然于笔端的清浅文字，浮动在书页间的光影印象，都会成为最动人的时光印记，而我们的旅程，将永恒持续。

图书在版编目（CIP）数据

芳香盈路/蜜果著. —北京：龙门书局，2013.10
ISBN 978-7-5088-4151-9

Ⅰ. ①芳… Ⅱ. ①蜜… Ⅲ. ①游记—作品集—中国—当代　Ⅳ. ①I267.4

中国版本图书馆 CIP 数据核字（2013）第 244776 号

责任编辑：周晓娟　刘　薇　吴俊华 / 责任校对：杨慧芳
责任印刷：华　程　　　　　　　　 / 封面设计：张世杰

龙門書局 出版

北京东黄城根北街 16 号
邮政编码：100717
http://www.sciencep.com

北京天颖印刷有限公司印刷
中国科技出版传媒股份有限公司新世纪书局发行　　各地新华书店经销

*

2014 年 7 月第 一 版　　　　开本：720×980 1/16
2014 年 7 月第一次印刷　　　印张：14
字数：340 000

定价：45.00 元
（如有印装质量问题，我社负责调换）

引 言
Preface

　　有人旅行是为了放逐自我，有人旅行是为了找寻自我，也有人旅行是为了完满自我。采诗万里，踏歌万里，穿过形形色色的人群，流连形形色色的风景，我们在旅行中解读着这个世界，也解读着自己。虽然，孤独会增加你的触感，可是，请不要说你可以忽略那份想分享的渴望。当你心怀感慨，当你激情澎湃，当你若有所失，当你流浪迷惘，不要说你不盼有个人能够分享你的喜或忧。于千万人之中，碰到了那个和你怀有一样心思的人，你们在相同的地方驻足，在相同的地方徘徊，在相同的地方凭吊，在相同的地方喜怒哀嗔。于是，你找到了另一个自己，完满了你的旅程，也完满了你的人生。

　　记得有一句古老的非洲谚语，"If you want to go fast, go alone. If you want to go far, go together." 我相信，生命中最远、最美的梦之彼岸，只有相偕的人才能到达。

　　与此同时，且让我们回顾所来之径，静静记录下那些珍而视之、频频捡拾入怀的记忆芳香，那些擦肩而过后恐难以复制的光影印象，那些流光之上翩翩回旋的我和你。

If you want to go fast, go alone.
If you want to go far, go together.

目 录
Contents

目 录
Contents

篇三

相爱的时光

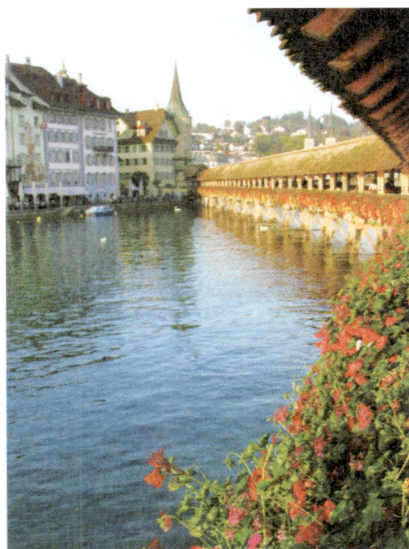

目 录
Contents

篇四

多彩的世界

篇一

追寻

　　去了很多地方，看了很多风景，旅行早已成为一种欲罢不能的喜好。

　　若探其根源，应是源自于年少时心中的向往：去回溯一段历史，去印证一则传说，去缅怀一场爱恋，去描画一个尘世间淡去的身影。而当你真正行于路上，却发现自己开启的宝库，所包载的内容，超乎你的想象。时间的无涯，天地的开阔，生命的诸种形貌，如一首抑扬起落的长歌，满满地触动在心头。

　　彼岸芳草鲜美。生命犹如初生的梦境，所有的追寻和跋涉，不过才刚刚开始。

寻梦康桥——徐志摩的剑桥情结

如果梦都有开始的地方，那么我的梦想就是始于英国，始于剑桥了。剑桥曾经是我最向往的地方，不是因为它杰出的学术名誉，而是因为在那里，我最心爱的诗人徐志摩，展开了他诗意萌动的心灵之旅。曾几何时，一脸稚气的我捧着诗集，恣意冥想，任他无邪的诗句在我心上播种、成长，再开出曼妙的花朵，那是来自于精神、来源于文字的最美丽的馈赠。

终于，我来到了英国，来到了与剑桥颇有渊源的牛津，度过了我求学生涯中最重要的时光。中世纪的学城肃穆而浪漫，只有我知道，我的努力，只是为了能近一步靠近他。凝静的桥影，潋滟的波光，葱翠的草坪，漫烂的霞彩，我知道，那里有他的幽叹音节和歌吟气息。

1918年，怀着"善用其所学，以利导我国家"的爱国理想，徐志摩远渡重洋来到美国，从历史到政治到经济，他找寻着他的方向。然而，美国社会的浮躁和功利性终不被他所喜，他毅然放弃了哥伦比亚大学的博士头衔，买舟横渡大西洋，踏上英国的土地。几经辗转，1921年，在英国作家狄更生的推荐下，他终于进入了剑桥大学皇家学院，成为一名特别生，亦翻开了他人生中最重要的篇章。

在这里，他广泛涉猎了各种名家名著，接触了各类思潮流派，也渐渐发现了自己的位置，他要做一个"不可教训的个人主义者"。他的重心不再是繁冗的政治经济，取而代之的是拜伦、雪莱、济慈、哈代。他感到生命似乎受到了某种强烈的震撼，他想要放喉，想要抒发，他久蛰在深底的诗心被唤醒了。

　　在康桥的日子是愉快的，作为顶级学府，剑桥自由的学术氛围、先进的思想意识、悠闲的生活态度，都对徐志摩产生了极大的影响。他曾经这样写到："我在康桥的日子可真是享福，深怕这辈子再也得不到那样蜜甜的机会了。我不敢说康桥给了我多少学问或是教会了我什么。我不敢说受了康桥的洗礼，一个人就会变气息，脱凡胎。我敢说的只是——就我个人说，我的眼是康桥教我睁的，我的求知欲是康桥给我拨动的，我的自我的意识是康桥给我胚胎的。"

　　徐志摩认为，康桥的灵性全在一条河上，就是康河（River Cam）。在这里，大自然的优美和宁静，调谐在星光与波光的默契中，不期然淹入了他的性灵。他关心石上的苔痕，关心败草里的花鲜，关心水流的缓急，关心新来的鸟语；他的心胸是敞露的，诗情是洋溢的，奇思锦句丛集于笔端。

　　岸边的草坪是徐志摩的爱宠，在清晨，在傍晚，他坐在这天然的绿锦上，有时读书，有时看水，有时仰卧着看天边的行云，有时反扑着搂抱大地的温软。

　　虽然他爱极了这水，却始终不曾学会撑篙，只能羡慕地看着那些身手轻捷的男女，欣赏着河上的梦意与春光。

　　徐志摩说过："单独是一个耐人寻味的现象，它是任何发现的第一条件。你要发现你自己的真，你得给自己一个单独的机会，你要发现一个地方，你也得有单独玩的机会。"所以，无数的清晨，无数的黄昏，他痴痴地在康桥徘徊，体验着"绝对的单独"。在这古老、宁静、恬美的氛围中，他结下了浓得化不开的"康桥情结"。

　　多年以后，徐志摩重游英国，1928年7月的一个傍晚，他一个人悄悄来到了久别的母校，追忆他曾经"蜜甜的单独，蜜甜的闲暇"。同年11月6日，在归国的海上，他心中的眷恋化为富丽的联想，提笔写就了传世之作《再别康桥》：

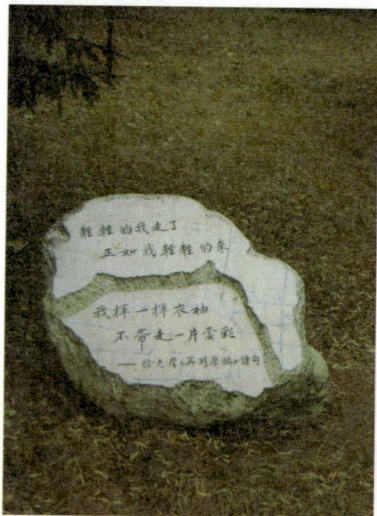

"轻轻的我走了，正如我轻轻的来；
我轻轻的招手，作别西天的云彩。

那河畔的金柳，是夕阳中的新娘；
波光里的艳影，在我的心头荡漾。

软泥上的青荇，油油的在水底招摇；
在康河的柔波里，我甘心做一条水草！

那榆荫下的一潭，不是清泉，是天上虹；
揉碎在浮藻间，沉淀着彩虹似的梦。

寻梦？撑一支长篙，向青草更青处漫溯，
满载一船星辉，在星辉斑斓里放歌。

> 但我不能放歌，悄悄是别离的笙箫；
> 夏虫也为我沉默，沉默是今晚的康桥！
>
> 悄悄的我走了，正如我悄悄的来；
> 我挥一挥衣袖，不带走一片云彩。"

清新的诗句化为柔婉的弦歌，在心头潺潺拨弄。康桥，成为了他诗中最唯美的寄托。

绝美往往不容于世，就如同他诗意的信仰和单纯的真。1931年的空难，35岁的徐志摩终于达成了他想飞的宿愿，化为飞鸟，化为轻烟，化为云彩星霞。我想，这未尝不是上苍的成全。

如今，在皇家学院的康河边，一块刻有徐志摩诗句的白色大理石静静地躺在一角。据说，那是他的校友千里迢迢从北京带过去的，它寄托了所有文人的幽思与怅惘。

我最喜欢的句子出自于《爱的灵感》，这也是徐志摩最心爱的长诗。在诗已消亡的今天，仍有人不能遗忘，拒绝释怀，我想，这就是所谓的痴了。

> "从此时，我的一瓣瓣的思想都染着你，
> 在醒时，在梦里，想躲也躲不去，
> 我抬头望，蓝天里有你，
> 我开口唱，悠扬里有你，
> 我要遗忘，我向远处跑，另走一道，又碰到了你！
> 枉然是理智的殷勤，因为我不是盲目，我只是痴……"

梵高的热情——法国阿尔的金色绽放

　　一直对拥有纯粹灵魂的人怀有特别的喜爱，梵高就是其中之一。第一次看到向日葵是在伦敦的英国国家美术馆（The National Gallery），那绽放着生命力和激情的太阳花，深深震撼了我。从此，从荷兰到法国，我追寻着梵高的脚步，而法国南部这个名叫阿尔（Arles）的小镇，正是梵高生命轨迹中最闪亮的一点。火热的田野，沸腾的河流，燃烧的星月夜，灿烂的农舍和教堂，阿尔在人们眼中由于梵高而变成了金黄色。这位郁郁不得志的画家全情描画着这个古镇，让向日葵开出了不朽的花朵。

　　1853年，在朋友的推荐下，梵高来到了阿尔。这里气候干燥，色彩绚丽，有着日本式的明净，是画家的天堂。驱车在乡间驰骋，我们仍能嗅到空气里弥漫着泥土和花草的芳香，明亮的蓝色、绿色、黄色、红色不断呈现，大自然的美是如此可爱，如此张扬！

梵高痴迷于作画，从清晨到傍晚，废寝忘食，短短的三个月间就创作了190幅作品，几乎是他在巴黎两年时间里绘画的总和，《阿尔的吊桥》是其间的代表作。吊桥的背景是蓝天，轮廓十分清晰，与天空同色的河流水波荡漾，橙色的河堤下是一群衣着鲜艳、戴无檐帽的洗衣妇女，吊桥上有一辆马车正缓缓通过。整个画面呈现出一片春天的美景，色彩清澄而果断，漫游在外的梵高，有着轻松快活的心境。

由于这座吊桥在"二战"时被破坏，阿尔城郊又建了座新桥。依旧是蓝色的天空，被天空映成蓝色的河流，只是桥上少了鼎沸的人声和喧嚣的车马。它是梵高画里的桥，它的鲜活亦只在画中。梵高迷徘徊在河边，时而入神，时而嗟叹，不同的语言流露出同一种追忆和向往。

在阿尔，梵高的内心世界已经深深地与大自然相融合，这也令他生活得非常充实。然而，过度紧张的工作使他身心疲惫，为了解乏，他不得不经常光顾距他住所不远的拉马丁广场咖啡厅，也因此获得了一些灵感。《夜晚露天咖啡座》就是这样一幅作品。夜空深邃无际，繁星点点如乍放的灯花。街道上的露天咖啡厅温暖而明亮，大片的暖橘色在幽蓝的背景上显得格外温馨，充满了诗意的安宁。虽然画家使用了粗犷的短笔触和极其强烈的颜色对比，画面却依旧透露出感人的柔美与平静。正如他自己所言，"一家咖啡馆的外景，有被蓝色夜空中的一盏大煤气灯照亮的一个阳台，与一角闪耀着星星的蓝天。我时常想，夜间要比白天更加有生气，颜色更加丰富。"如今，这家咖啡馆被称为"梵高的咖啡馆"，仍然保留着当时黄色的雨篷和所有的物品。

　　与之相对应的还有画作《夜间室内咖啡座》。这幅作品采用强烈而刺激的颜色，营造出躁乱不安的情绪。正如梵高所说，"在我的油画《夜间的咖啡座》中，我想尽力表现出咖啡馆是一个使人毁掉自己，发狂或者犯罪的地方的这样一个观念。我要尽力以红色与绿色展现出人的可怕激情。"

　　咖啡馆前熙熙攘攘，都是慕名而来的游客。门口的菜单上，如果留心，还能看到以梵高命名的沙拉。

　　寻了个相对安静的角落坐下，虽然不是最经典的视角，我却依然感受得到，这里处处透露着与这个画家相关的信息。其实，咖啡馆的夜晚，是被孤独和寂寞笼罩的夜晚，是星空下彷徨无助的夜晚，是梵高自我挑战的开始。

　　在夏天，梵高的创作欲异常旺盛，接连画出了一批关于向日葵的作品。在他的眼里，向日葵是太阳之花，是光和热的象征，是他内心炙热的情感写照，是他苦难生活的缩影。"我想画上半打的向日葵厾来装饰我的画室。让纯净的或柔和的铬黄，在各种不同的背景下，在各种蓝色的底子上闪闪发光。我要让这些从最浓的维罗奈斯蓝色到最高级蓝色的画，配上最精致的橙黄色画框，就像哥特式教堂里的彩绘玻璃一样。"

　　《花瓶中的十四朵向日葵》是其中的佼佼者。事实上，向日葵就是生长在大地上的太阳，法语称之为"旋转的太阳"，英语称之为"太阳之花"。这些简单的插在花瓶里的向日葵，总能呈现出令人心弦震荡的光洁与亮烈。

　　与高更在作画上的分歧终于导致了两人关系的破裂。精神崩溃的梵高割下了一只耳朵，被送进了医院。接受治疗的期间，随着心情的逐渐平静，他又开始作画。《阿尔医院的庭院》这幅作品就是绘于此间。

　　因为梵高，医院也成了热闹的场所。花开的正盛，五颜六色，竞相争艳，似乎受到了画作的感染，抑或是，画家将这一片锦簇捕捉得正好。

　　出院后的梵高得知了弟弟提奥订婚的消息，倍感孤独的他只有在最爱的绘画中释放自己的激情。过度劳累令他的病情恶化，最终住进了距离阿尔20公里的圣·雷米（St·Remy）精神病院。几经周折，我终于找到了这个坐落在山上的医院，时值黄昏，这里分外寂静，高高的围墙将其与喧嚣的世界彻底隔绝。

　　而正是在此，梵高画出了他最有名的、也是我最热爱的一幅画作——《星夜》。在这幅画中，天地间的景色幻化成浓厚有力的颜料浆，随着画笔挥洒的轨迹涌起无数旋涡，带着癫狂的恣意。那一团团被夸大的星光，那一抹抹卷曲的星云，甚至那一轮突出的、难以置信的橙黄色明月，都在动荡的夜空里散发出最后的炽热光芒。随之而来，将是吞噬一切的激流。夜空在发狂，人世在骚动，柏树像一股巨型的火焰，从大地深处升腾而起，直冲云霄。

　　这一切，都是源自于一颗悸动的灵魂，美好却不容于世。

　　医院的后山就是梵高写生的地方，从这里俯瞰山下的风景，依稀有画作的影子。过于茂盛的树木掩盖了教堂的尖塔，曾几何时，一个下巴高高翘起、眼神亢奋、时而粗野、时而天真的男人，在这里忘情地作画，用他质朴的心，拥抱并深爱着世界。我的心微微刺痒，耳机里传出唐•马克林（Don Mclean）为梵高写的那首歌，*Starry Starry Night Vincent*:

"now I understand
what you tried to say to me,
How you suffered for your sanity,
and how you tried to set them free.
They would not listen, they did not know how,
perhaps they'll listen now.
For they could not love you,
but still your love was true,
and when no hope was left in sight,
on that starry starry night,
You took your life as lovers often do.

But I could have told you, Vincent,
this world was never meant for one
as beautiful as you."

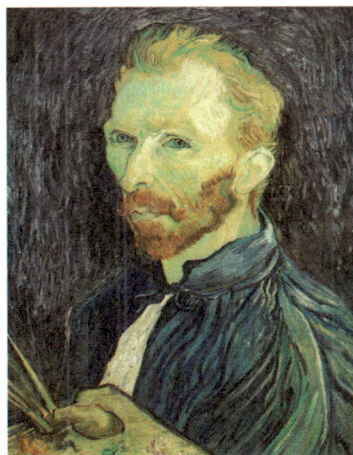

伊人芳踪——奥黛丽·赫本的故居

　　坐落在日内瓦湖畔的瑞士小镇莫尔日（Morges）名不见经传，却是一些名人千挑万选的安家之所，而其中最令人瞩目的，就是在此终老的奥黛丽·赫本。就像一则浪漫童话的开篇，宁静的小村镇里，居住着世界上最美丽的女人。

　　1953年8月27日，影片《罗马假日》在美国纽约首映，之后风靡全球，影片中那位清纯可爱的安妮公主，给世人留下了深刻的印象。一头简单的黑色短发，轻盈苗条的体态，在那个性感金发女郎风行的年代，她如清水芙蓉，令人眼前一亮。

　　这位坠入凡间的精灵，气韵脱俗，笑容无邪，在几十年的从影经历中，从未饰演过任何反面角色，也从不在镜头前搔首弄姿，有的只是天然、洁净的意态。

　　而天使的生活，亦是出人意料地低调和简朴。奥黛丽·赫本钟爱瑞士，因为这里隔绝了外界的纷纷扰扰，让她得以宁静、简单地生活。莫尔日的好，只有到过的人方知，与赫本一样，它有一种浑然天成的质朴与亲和，远离尘嚣浮华，是你累了会想起来的地方。

　　这是赫本最喜欢的老街，街道两旁是保存完好的古老建筑，每逢周末，老街上还有露天集市，售卖蔬菜、水果、奶酪、面包、鲜花、果酱、葡萄酒等各色农副产品。在赫本人生最后的二十多年里，集市上经常可见她素雅的身影。

　　日内瓦湖在莫尔日这一带一望无际，云水相连，令我想起《诗经·蒹葭》篇的名句，"所谓伊人，在水一方"。佳人喜欢傍水而居，因为水的清冷和秀逸与她性灵相通，水的氤氲和温婉可以陶冶她的心境，亦为那些隔水相望的人增添了许多绮想。

　　湖畔盛开着各色草本生的小花，漫烂招摇，守着好山好水，岁岁生发，时有水鸟栖息，或来或往，衔来四方消息。

　　这里并没有什么有名的景点，只是它从容闲逸的气质，让访者欣然自悦。遛狗也是赫本最爱的活动之一，她喜欢呼吸新鲜的空气，喜欢保持良好的活动力，她遛狗的步速相当快，访客们几乎要气喘吁吁，才不至于掉队。

　　莫尔日镇郊的村庄托洛肯纳兹（Tolochenaz），就是赫本的故居所在地。那是一栋18世纪的农舍，有一座果园和蔬菜花圃，四周围绕着碧绿草地，赫本将其称之为"和平之邸"。儿时经历战乱的赫本最渴望的就是平静、祥和，这里满足了她的心愿。阳光、花园、小狗，还有随时回来的孩子们，赫本构筑了自己的梦想家园。

如今，这座房子由她侄子居住，不对参观者开放，也没有任何标志，早已被淹没在普通的民宅里。我没有刻意去寻觅，只是在小村里随意走走，捕捉它小小的"可爱"。

奥黛丽·赫本的整个童年和青少年都是在战争中度过的，并因此患上了严重的营养不良。"二战"结束后不久，联合国儿童基金会进驻荷兰，向儿童们提供帮助，赫本也曾受到过救济。或许正因为此，息影后的赫本出任了联合国儿童基金会的亲善大使，用她的影响力去救助更多的儿童。

　　1992年12月19日，被诊断为结肠癌晚期的赫本决定回到瑞士，回到自己的家中过圣诞节。次年1月20日，这位天使结束了她64年的人间生活。

　　山坡上一个小巧的、普通的墓园里有十几座当地村民的墓，赫本墓也坐落于其间。没有墓志铭，没有特别的装饰，青灰色的十字墓碑上只有简单的两行字，注册姓名和生卒年。很难想象这里竟然长眠着那位如天鹅般清丽高贵、左右全世界目光的女人。

　　然而人们从没有遗忘她，每年都有来自世界各地的粉丝到她墓前凭吊，捧上鲜花，追忆世界上最优雅的身影。或许，更令人难以忘怀的是她优雅的灵魂，正如赫本最喜欢的诗歌所形容的一样，"魅力的双唇，在于亲切友善的语言；可爱的双眼，要善于看到别人的优点；苗条的身材，要肯将食物与饥饿的人分享；美丽的秀发，因为每天有孩子的手指穿过它；优雅的体态，来源与知识同行。"

小王子的玫瑰花——里昂的传奇飞行员

　　没有了巴黎的浮华与绮丽，里昂代表了清淡却更加纯正的法国。更重要的是，它是那个神秘而可爱的孩子——小王子的诞生地。作为全球阅读率仅次于《圣经》的书籍，《小王子》用他的童稚与纯真，敲开了无数人的心扉。虽然人们都相信，小王子已经回到了自己的星球，去守护他心念所系的玫瑰花，里昂，仍是一个充满小王子的气息的城市。

　　这是里昂市中心的白莱果广场（Place Bellecour），一度被称为皇家广场。同一般的中心广场不一样的是，白莱果广场的地面全部是由红土铺成，色调同里昂旧城建筑的红屋顶极为相近。广场上有一座高大的路易十四骑马雕像，是里昂著名的雕塑家卢蒙的作品。
　　广场周围是19世纪初建造的四五层楼房，花店、咖啡座和餐馆林立，充满了法式的随意与闲散。

　　安东尼·德·圣埃克苏佩里，1900年出生在法国里昂，他一生热爱冒险飞行，是利用飞机将邮件传递到高山和沙漠的先锋，法国人将他视为作家、民族英雄，在他逝世50周年之时，把他的肖像印在了50法郎的票面上。然而，对全世界的大小读者来说，他的盛名来自于《小王子》，20世纪流传最广的童话。

　　对他而言，飞机是他认识世界的工具，就像农民用铁犁、木工用刨子、天文学家用望远镜，在劳动中逐渐窥探到世界的秘密，然而他们在各领域挖掘到的真理却是无处不在的。圣埃克苏佩里的作品字字句句都可以说是他一生的思想写照与行动实录，他在黑夜中期待黎明，在满天乱云中向往中途站，在璀璨星空中寻找自己的星球——生的喜悦，就是这么单纯。

曾几何时，他开始在餐馆、咖啡、酒吧的提花餐巾纸上，有意无意地涂抹一个"孤独的小人儿"，有时头戴一顶王冠坐在云端里，有时站在山巅上，有时欣赏蝴蝶在花间飞舞。1943年，朴拙稚气、梦境迷幻的《小王子》出版了，几十年后，它成为了全世界无数大人、孩子的心灵依托。

白莱果广场的一隅，邻近圣埃克苏佩里的故居，我找到了他们的塑像。洁白的大理石底座高约5米，我们的飞行员和小王子就坐在上面，在绿树的掩映中，静静地俯视着大家。石基的三面分别刻着引自圣埃克苏佩里著作的语句，其中两句便出自《小王子》：

"一个人只有用心才看得真确，重要的东西用肉眼是看不见的；"

"我看起来像要死去，但这不会是真的。"

1944年，圣埃克苏佩里在一次飞行任务中失踪，成为法国文学史上最神秘的一则传奇。在飞机失事的50多年后，其残骸都未能找到，而他的家人亦明确表示，无论在何处找到他的残骸都不迁葬，因为或许那便是他最应该的归宿了。总觉得上苍会对一些人格外青睐，相对于普通人的生老病死，他们的离世具有传奇般的色彩和浪漫神秘的基调，如同他们不平凡的人生。李白醉里捞月，徐志摩逐烟逐霞，仓央嘉措于青海湖畔隐匿无迹，都让后人无限追思。而他，圣埃克苏佩里，却消失在空中。不过我想，对那些深深迷恋小王子的读者而言，他已经和小王子一起，回到了他们原来的星球。圣埃克苏佩里是法国人的骄傲，更是里昂人的骄傲，这里的人们继承了他的生活态度：忘记常规，去体会生命中微小的感动；热爱生活，珍惜付出的和所拥有的。

无法忘记在狐狸的启发下，小王子对玫瑰花们说的那番话，"你们是很美，不过也很空虚，没有人会为你们而死。当然，一般的路人会认为我的玫瑰花，那朵属于我的玫瑰花和你们没什么两样，但对我而言，她比起你们这几百支玫瑰花来还要珍贵许多：因为我曾为她浇水；因为我曾把她放在玻璃罩下；因为我曾为她遮屏风；因为我曾为她弄死了毛毛虫；因为我曾听她发牢骚，自吹自擂，有时甚至只是沉默不语。因为她是'我的'玫瑰花。"简单平易的语言，却道出了爱的真谛。是的，每个人都拥有自己的玫瑰花，正因为你的付出和关怀，你的灌溉和滋养，它才能从千千万万的玫瑰花中脱颖而出，珍贵无匹。而她的纯真，她的欢乐，她的恣意，她的娇憨，便是你最蜜甜的报酬，是你幸福的源泉。"你为玫瑰花所花的时间，让她变得那么重要"——不要忘记小王子的叮咛。

索恩河静静地流淌着，它和罗纳河完美地切分了这座城市。索恩河右岸是狭窄的里昂老城区，对岸则是新规划的市区——巴迪区。

老城区古时是渔村，15世纪成为世界上最大的丝织品产地之一，17世纪曾是法国的政治、经济和文化中心，如今，这里仍然保存着许多15到17世纪的古旧建筑，许多哥特式、文艺复兴式及古典式的房屋彼此相连，因为以红色为主色调，里昂这座城市获得了"'拥有一颗粉红的心脏'之城"的美称。

建在富尔山丘上的白色的圣母院大教堂（Basilique Notre-Dame）高281米，是里昂老城具有象征意义的景观。这座教堂建于19世纪，外观由拜占庭和中世纪风格融合而成，以大理石装饰，玻璃闪耀着五彩斑斓的花纹，内有精美的镶嵌画和壁画。右边相连的圣母礼拜堂塔顶上，玛利亚塑像亭亭三立，在阳光下金光闪闪。

从教堂左侧的平台上俯瞰里昂，远处的新城高楼林立，围捧着"粉红色的心脏"，让它安静而稳定地跳动着。

挑剔爱吃的法国人曾经自豪地说过："唯有在里昂，我们才能享受到比家里还好吃的法国菜。"自19世纪末，里昂的厨师就有一个别称——母亲，他们所做的料理被法国人称为"母亲的料理"，这在料理史上可谓头一遭。里昂的料理贵在"对传统烹调精华的保存"，它神秘的特质和独特的"情感价值"，使其好比母亲为我们精心准备的家常小菜。如果你爱吃，可以到著名的餐厅Paul Bocuse，品尝里昂地道的传统菜。

我一直很喜欢吃蜗牛，到了这里自然不会放过。蜗牛同鹅肝一样是法国的特色美食，是一种高蛋白、低脂肪、低胆固醇的食物，与鱼翅、干贝、鲍鱼并称为世界四大名菜。法国蜗牛肉质软而肥大，据说法国人一年要吃掉三亿多只蜗牛，吃蜗牛已经成为一种身份和地位的象征。

有什么比饥肠辘辘时的一顿大餐更痛快写意？人世有太多烦恼杂绪，只有美食当前，才会心无旁骛。细细地品嚼，慢慢地吞咽，你便拥有了最真实的幸福。

闲话翡冷翠——佛罗伦萨的艺术集萃

意大利的城市中，我最钟爱的是佛罗伦萨。而这种喜爱，竟是在谋面之前，在听到它另外一个名字时便开始的。"翡冷翠"，徐志摩笔下这座诗意的城市，暗合了它所在的托斯卡那地区青翠、苍茫的基调。佛罗伦萨是文艺复兴的诞生地，这里曾经大师云集，达·芬奇、米开朗基罗、但丁、伽利略……浓郁的艺术气息和独特的城邦文化，值得人们细细研读和品味。可惜我不是徐志摩，无法用那样灵秀的文字娓娓道来，希望我稚拙的表达，不会伤及它的优雅。

这是佛罗伦萨唯一的一座古代桥梁，其上店铺林立，全一色为金银首饰店。以丝绸和皮革起家的佛罗伦萨人有着天赋的审美情趣，而他们对金银珠宝的热爱，令这座桥成了名副其实的珠宝长廊，四百年来从未改变。

　　在广场上，我见到了《大卫》雕像的复制品，惊为天人。它和米开朗基罗的原作一模一样，只是真品已被移至美术馆内。虽然对雕塑一窍不通，虽然所见并非真迹，我依然在雕像前久久凝注。整个《大卫》的面容与肌体都堪称完美，被誉为西方美术史上最值得夸耀的男性人体之一。

欧文·史东（Irving Stone）在他的《煎熬与狂喜》（The Agony and the Ecstasy）中曾描述过米开朗基罗如何开始工作。这位艺术巨匠似乎和云母石之间有着天生的、不可解的奇妙缘分，当他用手指摸弄着石头，探索它的纹理，感知它的生命时，心底好像有个声音在对他说，"你对石头的这种感情就是爱"。当他把凿子摆在石头上，挥动着锤子开始敲打，便觉得自己畅心适意，仿佛与石头结为了密不可分的整体。故那一向被认为冥顽不灵的石头也不忍心辜负他的深情，将自己毫无保留地奉献给它的知己，任他澎湃的激情和丰沛的创造力赋予它永恒的生机。

最强烈的爱成就了最完美的作品。

著名的佛罗伦萨大教堂又名"花之圣母大教堂"，以托斯卡纳白、绿、粉色花岗石贴面，凝重中不乏亮丽，充分体现了文艺复兴时代所推崇的古典、优雅与自由，它被称为世界上最美的教堂。细看之下，梁柱、窗棱、青铜门上的浮雕，无一不是精工细琢，美轮美奂。旁边的钟楼与教堂的风格相呼应，整体建筑和谐、雅丽。

大教堂最令人惊叹的是它的中央穹顶，是由天才的意大利设计师勃鲁涅斯基设计并督造的。这个世界上最大的圆顶，居然是不画一张草图，不作任何计算，甚至不搭内部脚手架，仅凭心算和精确的空间感就开始动工的。聪明绝顶的设计师以此防备了对手的

觊觎，也同时让工程成为了他心中最深的秘密。勃鲁涅斯基的墓就位于教堂地下，他恒久地安睡在自己最引以为傲的神话穹顶之下。

远远望下去，城市的楼顶似乎偏爱红色，如同戴红帽子的孩子，集结成队，向你发出热情的邀约。在这以苍茫绿意为基调的区域，似乎只有红色能融化冷意，使"翡冷翠"温暖、生动起来。

在街角的一隅，我发现一家巧克力店，这里的热巧克力口味纯正，浓郁香滑却不甜腻。小心地捧着热热的杯，闭上眼，让香气恣意升腾，然后，似禁不住诱惑般，轻轻啜饮一口，那甜香便流转在唇齿间，勾起了心中的快意，人生也随之甜美、芳醇起来。

如果饿了，找一家对着广场的餐厅，品尝可口的食物，欣赏周边的气质女郎。呼吸着浓郁的艺术气息，这里的人们衣着自然又不乏品位。

　　真正让我大开眼界的是佛罗伦萨的美术馆，在美术教材上屡屡出现的如《维纳斯的诞生》、《春》、《乌尔比诺的维纳斯》等传世之作，让我有幸在这里一睹真容。美艳的维纳斯有着无邪的眼神，体态丰腴，秀发迎风飘舞，带着春日的明媚与煦暖。她是不是暗示了那个时代的审美准则，是一种不着痕迹的性感？

　　有幸参观了一个关于达·芬奇的展览，展出的大量笔记、手稿与模型，帮助我全方位解读这位天才中的天才，大师中的大师。一本《达·芬奇密码》，引发无数争议，也让达·芬奇和他传奇的一生再次受到关注。生于佛罗伦萨区的芬奇小镇，故取名叫芬奇的他，5岁便能凭记忆在沙滩上画出母亲的肖像，同时还能即席作词谱曲，并自己伴奏歌唱，令人们惊叹不已。除了众所周知的绘画艺术，达·芬奇还在工程、天文学、物理学、生物学、解剖学、流体力学等多个领域有过惊人的创举，他将艺术创作和科学探讨相结合，这在世界美术史上是独一无二的。

　　而作为一名画出了永恒微笑的画家，达·芬奇最大的艺术贡献是运用明暗法，使平的画面呈现出空间感和立体感。在文艺复兴初期，画家一般都用线条来表现透视，用单线平涂，色彩较为单调。而达·芬奇研究光影学，首创明暗渐进法，用光线和阴影的技巧来描绘人物景致，使之呈现出逼真的立体感。一直到印象派出现的几百年内，无人能够逾越达·芬奇建立的三度空间绘画体系。从《最后的晚餐》这幅画算起，西方绘画才真正进入了文艺复兴的鼎盛时期。

　　我最喜欢达·芬奇对女性的刻画，尤其是素描，让我看到痴迷。低垂的目光，挺秀的鼻梁，含蓄的嘴角，若有所思的微微偏侧，沉静内敛，秘而不宣，这似乎是大师最钟爱的表情。

　　其实，佛罗伦萨能赢得众多国人的爱慕，徐志摩居功至伟。一个译名"翡冷翠"，道尽了它的人文与典雅，翡翠那墨绿如泽的光芒，配上有着凉寒意向的"冷"，它的美便跃然纸上，隔着千山万水，遥遥相招。

　　走在翡冷翠的街道上，我的心飘向了徐志摩。

　　11月19日是我的生日，也是徐志摩逝世的周年纪念，那一场空难，他乘风而去，为他诗化的人生画上诗化的结局。徘徊在他笔下的城市，禁不住想要捕捉他的气息，追寻他的身影，感受他的感受，为我最钟爱的诗人作一番凭吊。

　　因着那篇《翡冷翠山居闲话》，我决定去山上看一看。十一月的风透着微微的寒意，没有五月的温驯，也不携繁花深处幽远的淡香，却仍留着一息滋润的水汽，和着草木的清新，拂过我的面庞。空气依然明净，从这里望下去，城市宛若一幅水彩画，意味悠长，等待着你的鉴赏。

　　我喜欢有水流穿过的城市，认为这样的城市更具灵性。空气中的氤氲可以育养林木、滋生万物，而水的妩媚韵致可以软化城市的线条，让人萌生亲近之意。阿诺河承载着这个城市的故事，去向远山诉说，戴着云霭织成的面纱，远山羞涩地张开怀抱。

　　虽没有做客山中的写意，但能这样随性地四处走走，也是很大的幸福。秋空高旷，云翳轻远，时有鸟鸣啾啾，山风过耳，动静之间皆有情致。

　　捧一杯驱寒的热咖啡，调整步调，让自己的体魄与性灵，"与自然同在一个脉搏里跳动，同在一个音波里起伏，同在一个神奇的宇宙里自得。"（《翡冷翠山居闲话》）

初相遇

　　一只蝶停在一朵花上，是不是偶然?

　　一只鸟栖在一棵枝上，是不是偶然?

　　一抹云投影在一片湖面上，是不是偶然?

　　那么，于千万人中，千万程路上，我遇见了你，是不是偶然?

　　谁不曾渴望这样一场相遇，在最明澈的天空下，白云清淡，草木流香，你迎风摆荡的裙裾正迎上他清湛如水的目光，那是只有他能解读的美丽。花海泛起涟漪，原来，你毕生的寻找，不过是为了此刻与他相对，不过是为了他唇边一抹会意的微笑。

普罗旺斯——最彻底的浪漫

如果有一个地方能满足你对浪漫的全部期许，我想普罗旺斯是当之无愧的。作为骑士抒情诗的发源地，长久以来普罗旺斯一直低调的维持着自己的优雅与神秘，直到英国人彼得梅尔的到来，用他絮絮的笔触道出了这片区域的洒脱风雅和宜人情境。

普罗旺斯地区因极富变化而拥有不同寻常的魅力，宛如气质绰约的佳人，谈笑之间，颦喜之际，令你不由自主地任她牵引，为她情迷。广阔的平原、险峻的峰岭、寂寞的峡谷、苍凉的古堡、湛蓝的海水、蜿蜒的山脉和活泼的都会，都在这片土地上演绎着万种风情。

而这佳人的诸般情态，不经意丰沛了艺术家创作的灵感，塞尚、梵高、莫奈、毕加索、夏加尔等人都在普罗旺斯开启了艺术生命的新篇章；蔚蓝海岸的享乐主义风气，也吸引了大批作家前来朝圣，为无拘无扰的山城岁月添上浓郁的人文质感。随着彼得·梅尔的到来，所有积淀的美感以最自然的方式被一一发掘和呈现，一本《山居岁月》让普罗旺斯的神与髓风靡全世界。

然而，视觉之美却并非这位佳人的全貌，很多人竟是循香而至的。普罗旺斯的空气中总是弥漫着薰衣草、百里香、松树等的香气，这独特的、自然的馨香是其他地方所没有的。特别是七八月间迎风绽放的薰衣草，那漫山遍野的蓝紫色小花，如紫霞蒸腾，如海波起伏，交织成最沉静的思念、最甜蜜的惆怅，如胸臆中涌动的却无法言说的爱的希冀和忧伤。

曾有人说过，只要你到过普罗旺斯，就不会想离开，因为那里有你想要的东西。既然如此，就让我们自己来发现和寻找自己的渴望吧。

好友Frank的家——地中海风格的豪宅

　　好友Frank夫妇在普罗旺斯的有名的"泉城"埃克斯（Aix-en-Provence）郊区拥有一栋美丽的大房子，为我悠长的假期提供了落脚地。对住惯了公寓、看惯了密集的楼群和熙攘的人流的我来说，这个占地8000平方米、拥有私人网球场和游泳池的房子实在称得上是一座豪宅。

　　Frank是位风趣、睿智的老人，年轻的时候在里昂经商，事业有成，他的太太温柔可亲，举止娴雅，他们退休后就买下了普罗旺斯这处价格不菲的大宅安度晚年。一双儿女均不在身边，他们平日里主要的生活是照顾花园，锻炼身体，研究美食，不时邀朋友来小住，品品酒，谈谈天，交流一下食谱，或者出去旅游，增广见闻，获取新鲜的活力。

　　这里气候宜人，冬温夏凉，滋润而不潮湿。入夏后天亮得极早，每天在后花园吃早点时，已是阳光灿烂。举头是湛蓝的天空，不时有凉爽的季风拂面，满园花草芬芳，人也悠然轻快，不自觉地脱离了忧烦。

　　大宅的装修是典型的地中海风格，朴实而自然，每日里的鲜花是必不可少的，带着新鲜的朝露的气息，轻香浮溢，便是最好的装饰了。

　　这里的人们极喜欢户外，习惯将餐桌摆在能够享受到阳光和海风的庭院中。运动亦然，比起不通透的健身房，在爽朗的户外打一场网球出一身大汗，是不是更加痛快！倦了累了，可以躺在游泳池边晒太阳、看书、小寐，如此便是一下午的时光。

　　就像梅尔在书中所言，"在这里，我感到悠然自得，喜悦满怀。感谢上帝，让我与普罗旺斯同在。"

泉城埃克斯——塞尚的精神家园

埃克斯是以泉著称的城市，与水有着不解之缘。埃克斯的原意是由拉丁文"水"演变而来，据说这里的泉水能治病。其实这里一度非常缺水，城中的泉水成为了主要的生活水源，直至19世纪下半叶运河的修建，缺水才成为历史。因此人们对泉怀着特殊的情感，自17世纪起，喷泉就成为了城市里必不可少的装饰品，它们由专人修建，多达40余座，反映了当地人生活的艺术。

这是市内最有名的圆亭喷泉。它的顶部有三尊大理石雕像，分别由三位雕塑家雕刻，象征着正义、贸易和农业，还有艺术，并各自守望着一条街道。所以这个喷泉又叫"三女神喷泉"。

　　埃克斯还是许多绘画者心中的圣地，因为这里诞生并孕育了伟大的画家保尔·塞尚（Cezanne）。埃克斯是塞尚的精神家园，这里阳光明媚，风景宜人，塞尚可以平心静气地在这里观察、思考，奢侈到用三到四个月的时间来琢磨和描绘一个主题。"橄榄树、松树静静屹立，一年到头都绿意盎然。"塞尚曾在信中写道，"出生于此的人，再也无法适应其他地方。"这位被后人尊称为"现代艺术之父"的大师，晚年隐居在自己的家乡，并以家乡为背景创作了许多激动人心的佳作。作为埃克斯的骄傲，这里以塞尚命名的地方比比皆是，比如塞尚咖啡馆、塞尚大街、塞尚理发店、塞尚画廊、塞尚广场等。埃克斯最大的中学叫塞尚中学，最大的电影院叫塞尚电影院，最大的医院叫塞尚医院。

　　这幅收藏于费城美术馆的《圣维克多山》就是塞尚以故乡为题创作的众多作品之一。他深深地迷恋着圣维克多山的奇异山形及其周围的壮观景色，年复一年，从不倦怠地描绘着这宛如从地平线冒出的巨大岩石，观察它显现的和隐没的体块，分析它凹凸起伏的身形。整个画面气势庄严，深沉而略带忧郁，正是塞尚精神世界的体现。他大胆而熟练地塑造着立体的图形和安排着它们的透视，将色块、笔触、线条等抽象的视觉要素从客观景物的实体中分离出来，形成一种新的现实。而这所谓的"新现实"，正是塞尚绘画艺术的核心。

埃克斯自中世纪起就是一座大学城，最早的大学创立于公元1409年。现在，小小的市区内竟有四五所大学，学生来自世界各地，俏皮活泼的年轻人为这里注入了生机和时代感。

圣苏维尔大教堂（Cathédrale St-Sauveur）是以优美的中庭回廊及15世纪画家尼古拉·夫拉曼的名作《燃烧的蔷薇》而闻名的大教堂。哥特式的教堂造型轻巧，装饰玲珑，内部随处可见中世纪时期的古典建筑和雕像。

我最喜欢这里的回廊，它古雅得恰如其分，朴拙得恰如其分，感性得恰如其分，甚至阳光斜斜洒落时，光影的错落斑驳都柔和得恰如其分。

解说的年轻女子逆光而立，因着回廊的隔绝，便多了重静穆和朦胧，宛如从中世纪款款而来的、生动又遥远的一个情影。

　　埃克斯最受欢迎的米哈波（Le Cour Mirabeau）林荫大道，两旁种植着葱郁的法国梧桐，它沿着旧城墙修建，将城市分为两个部分，新城区向南部和西部延伸，老城区位于北部，街道宽阔但不规则，坐落着16、17世纪和18世纪的古老豪宅。大道上遍布着咖啡馆，还有些有趣的小货摊，你可以看到设计别致的小首饰和各种装饰品。梅尔曾在《山居岁月》中提到："我们不想参观名胜古迹，无意当观光客，不过有一个地方例外：埃克斯我们百去不厌。米哈波林荫大道是全法国最漂亮的大街。"可见它在人们心中的地位。街上来往的女郎姿容秀丽，身材婀娜，不时让人惊艳。沿街而坐，叫一杯本地特产的玫瑰红酒，人生便如这酒色般瑰丽，四季常鲜，日日开怀。

芳香盈路——紫色梦幻的薰衣草之路

　　其实，我自己一直知道，对普罗旺斯的热爱，源自于那些紫色小花的摇曳身影和它们温柔而谦卑的花语"等待爱情"。那深深浅浅的紫色心愿曾无数次叩响我的心门，难道，这不是千百年来令每个女子深夜不寐的郁郁情思？

　　终于，在一个晴朗的夏日，我们相逢了。最初，是随风而来的淡淡幽香，和着草木被阳光蒸腾的气息，弥漫在山野间。深深地呼吸，人立刻变得清透从容，肌肤似也沾染了素馨。然后，似回应你的顾盼，一簇簇开得热烈的薰衣草跃入眼帘，明蓝的天空下，延绵成一片紫色的花海，交织成一片细密的心事，我知道，它们已等候许久。

　　忽然想起席慕蓉的诗句，"爱，原来是没有名字的，在相遇之前，等待就是它的名字"。直待有一天，云朵初开，那人微笑着从山中走来，君子谦谦，容颜如玉，他，循香而至，来赴生命中最华美的一场邂逅。花海漾起涟漪，浮泛着柔幻的紫，那是专属于他的颜色。长久驻足之后，他亲手采撷了最美的一束，收入襟中，贴近他温暖的胸怀。从此，这花的生命便圆满了，那思慕的馨香久久停驻在他的襟上、袖边，是它至深的爱恋，不灭的芳魂。他渐行渐远，他们的故事却在无数个不眠的夏夜，在山林花草之间，默默流传。

　　薰衣草不眠不休地守望着，生怕错过了那一个不经意的顾盼，或是不经心的回眸。它们知道，每一个夏日都不容浪费，必须以最绰约的风姿，迎接宿命的来袭。

　　面对这绮丽的花的海洋，我禁不住上前拥抱它们，禁不住想要投于其中，没于其中，感受它最深沉的向往。只是，这漫长的等待中，它们可曾寂寥，可有落寞？

　　许是听到了我的感慨，花田的尽头露出城镇的一角。是啊，它们与人毗邻而居，有炊烟的温暖，有灯火的抚慰，暗夜里，如果凝神细听，还有轻细的软语在风中回响。

　　然而，它们又是幸运的。有一个可盼的人，一颗能盼的心，期待与心之所系之人的种种遇合，这是怎样的一种幸福。天空明亮澄澈，漫山是连绵的郁绿和湛紫，等待的心啊，也可以如此宁静而深挚。

　　沿着山道迤逦而行，山风愈加馥郁，拂过一片片灿然的花田，如同拂过一卷紫色的长诗，拂过一丛丛灼然烨然的冀盼。在行程接近终点时，我看到了这棵树，被大片薰衣草包围的树，它没有一丝局促，安静地、从容地站在花丛中，守望着整个花田。它也在等待吗，还是深爱着这花田，心甘情愿地担当其守护者？我更愿意相信后者。整个夏季，它们朝夕相伴，共听鸟语，共盼朝阳，分享每一段的心事。它理解它们的渴望和失落，尊重它们的勇气和坚持，更看得到那始于日落后的隐隐忧伤。当夏日殆尽，繁花凋萎，总有一声轻微的叹息流荡在草木之隙，它仍记得，这里曾有过怎样努力地绽放。它，竟是它们的知己，印证这一季的芬芳。

这是我第一次看见他，滟滟的花丛中，背影净洁，那么专注，那么心无旁骛。

蓦然回首，露出爽朗的笑容，眼神明亮而清澈。

"是他吗？是他吗？"我仿佛听见了山花的簌簌低语……

夕阳西下，告别的时候到了。薰衣草依旧灿烂，这些骄傲的小花，始终坚持着自己的信仰——等待爱情。其实，唯有意念中的爱情才会完美无缺，这漫长的等待与期盼中，它们并不自知，自己已拥有了在爱里最美丽单纯的时光。

回顾所来之径，芳香盈路。

嘉德水道桥——欧元纸币上的骄傲建筑

　　我们的同行便是由一座桥开始的。桥，是从此岸到彼岸的连结，也许正暗示了这冥冥中的牵引。仔细回想，我的人生和桥是极有缘分的，徐志摩的康桥是我求学游历的开始，而眼前这座千年古桥又为我的旅行赋予了新的意义：我的喜怒哀嗔，从此，有了分享。

　　嘉德水道桥是古罗马高卢时代的建筑，当时处于鼎盛的罗马帝国已把地中海收为内湖，为了把干泽（Uzès，法国老城）的水送到重镇尼姆，他们修建了一条50公里长的水道，依据水流方向由高至低将水引到尼姆市。该桥长275米，约50米高，由6吨重的巨石建成，上下分3层，每层都有数目不等的圆形桥拱。河水在桥的顶层通过，下层供人通行，25米长的桥拱跨度保证了河水的畅流及来往船只的通行。同时，考虑到嘉德河水时有泛滥，桥墩底部设计了分水角，桥身呈现轻微弧度。嘉德道水桥是罗马时期高度发达的水利工程技术的绝好例证，如果留心观察，你可以在欧元纸币上看到它的身影。
　　这座桥随着光霭的变化展现出不同的美丽，却仿佛默守着一种极静的幽独。两千年来，它不知送走了多少落日，望穿了多少秋水。时光悄无声息地滑过，淹没了旧辙，负荷新履，不变的，只有心中最美的忆恋：曾经，碧波荡漾的河上，航船来往，载着希翼，载着情歌，载着梦幻。

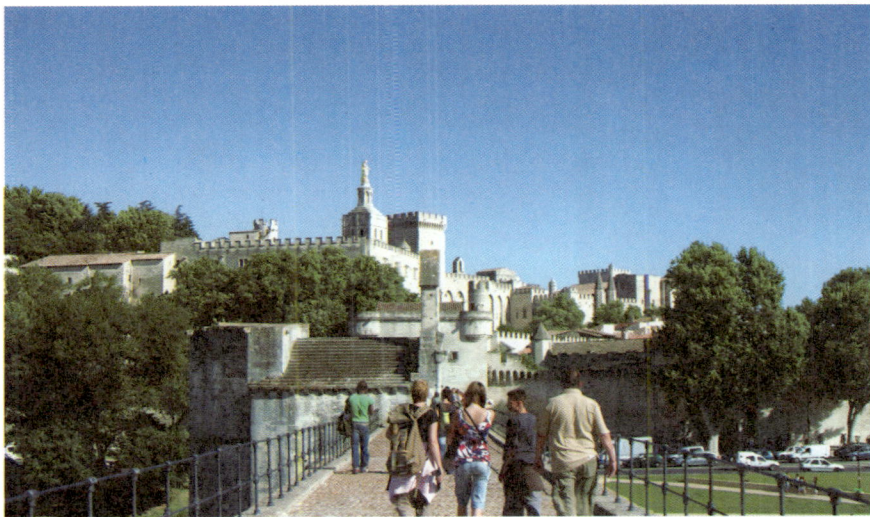

河边之城亚维农——七任教皇的避难之所

　　到达亚维农（Avignon）时，已过中午。我们两人饥肠辘辘，美景竟不敌佳肴的魅力，于是直奔主题，看到饭菜逐一上桌，才禁不住眉开眼笑起来。吃，永远是旅行的一个重要部分，是保持良好体力和心情的必要补给，对食物的热情，永不衰竭。

　　亚维农的原意是"河边之城"，或"大风之城"，它位于罗纳河（Rhone）岸边的高坡上，凸出于周围的平原和低谷，终年有大风经过。中世纪时，因为整个意大利境内战乱频生，教皇不得不离开罗马，暂居于平静的亚维农，谁知这一住就是六百年，历经七任教皇。根据现在的考证资料，教皇在六百年中只回过一次罗马，旋即又在和诸侯的权利斗争中失败而被迫离开。教皇之所以选择亚维农作为定居地，原因之一是由于其地理位置正处于西班牙、法国和意大利这三个最主要的基督教国家当中，罗纳河又提供了便利的交通条件，从此，亚维农的兴衰就和教廷联系在一起了。教皇带来的大批随从使亚维农在极盛时期达到9万人口，并为了自身安全筑起城墙，防卫整个城市。

　　教皇宫殿建造在全城最高处，形同要塞，壁垒森严。教皇居住在亚维农的数百年中，欧洲正处在蒙昧的中世纪时期，生活较为简陋，所以宫室内部丝毫没有豪华舒适的影子，四壁都是阴冷坚硬的石块。

　　一年一度的法国"亚维农艺术节"是当今世界最重要的国际艺术节之一，也是各国表演团队及艺术家梦寐以求的演出舞台。每年艺术节期间，都会吸引全球爱好戏剧、舞蹈及音乐的专业人士前来观摩，甚至受邀表演。近年来外围的表演越来越多样化，还包括了街头戏剧、民俗音乐和爵士乐等演出。

　　圣贝内泽桥（Pont St-Benezet）的由来还带着一段故事。相传该桥是穷苦的牧羊人贝内泽受到上帝谕示后发起修建的，当时备受嘲笑，亚维农的市长曾指着一块巨石对贝内泽说："如果你当真受到了神谕，就把那块石头举起来。"这本非人力所能，贝内泽却真的办到了，从那以后人们就开始踊跃捐款，桥终于修成，并以他的名字命名。而桥的出名或多或少得益于那首传唱法国的民谣《在亚维农桥上跳舞》："在亚维农的桥上，让我们跳舞，在亚维农的桥上，让我们围着圆圈跳舞。"17世纪时，该桥被罗纳河水流冲垮，剩下的四个桥洞经过良好的维护，保存至今。河水拍岸，如同缓慢的吟唱，数百年以前，和我一样的年轻女子们就在这里欢唱舞蹈，裙摆飘扬，笑靥如花。

　　凭栏而立，忽地想起了另一座断桥，许仙与白娘子相遇的断桥。西子湖畔，斜风细柳，桐油伞下，卿本多情。中式的爱情传说演绎在断桥上，道不尽的风流写意。不过，"断桥不断，孤山不孤"是西子断桥的真实写照，而脚下的断桥可是实实在在地断了，却也因此多了维纳斯式的缺憾美。

　　值得一提的是，1906年受非洲原始雕刻和塞尚绘画的影响，毕加索画出了具有里程碑意义的杰作——《亚维农少女》，从内容、透视关系、整体协调到美感，都标志着毕加索与传统的艺术风格彻底决裂，创作了今天我们称为立体派的艺术。这幅巨幅油画不仅标志着毕加索个人艺术历程中的重大转折，也是西方现代艺术史上的一次革命性突破，它引发了立体主义运动的诞生。

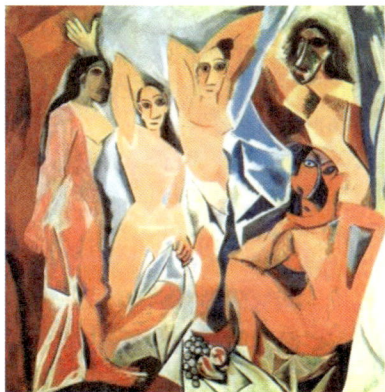

岩间小镇戈尔德——16世纪的空中之城

　　戈尔德小镇（Gordes）依山势而建，造型奇特立体，呈现出一种超现实的美。石头累积的小屋密密匝匝，一直堆叠到山顶，远远望去，如蓝天里悬浮的一座空中之城。

　　山镇中的民居多是就地取材，石灰岩建造的小屋依偎着盘山石路，街道也是由一块块石板制成的。镇内的建筑多为中世纪兴建，和谐匀称，房屋与城堡几乎都是16世纪完整保存下来的，大部分没有经过什么修缮，却都坚固如初。承蒙祖先的恩泽，小镇居民们安闲地生活在一座座"文物"中。

　　早期的村屋建筑通常只用石块而不用灰泥，其中最有名的便是在当地法语中被称为Bories的石屋，这在滨海阿尔卑斯地区最常见，因为这些地区的岩石为多页岩，经过多年的风化，剥落成大块石片，有些便散落在田间，这些小屋就是利用那些从田间清理出的石片建造的，建成后当地人将其用于储藏。如今村庄附近就保留了一处非常著名的石屋，叫"三勇士石屋"。现在小镇中的古民居建筑多为二至三层，屋顶坡度较山地地区建筑的坡度小，不过建筑材料仍以石料为主。

　　小镇的山巅矗立着一座文艺复兴时期修建的岩石古堡，被称为戈尔德古堡。古堡用浅褐色岩石修建，带有射击孔的角塔高大气派，成为整个建筑乃至整个山镇的象征。现在古堡已经被部分修改成艺术馆，其中五个房间专门陈列着欧普艺术创始人瓦萨雷利（Victor Vasareley）的作品。瓦萨雷利曾经在戈尔德居住过很长时间，把自己的许多画作、雕塑和木雕作品都留在了这里，据说其中还有一件是专门为这个艺术馆而创作的。这座遗世之城对艺术家们有着强烈的吸引力，俄国画家马克·夏加尔、立体派画家安德烈·洛特都曾在此居住。

　　挑剔的法国人极其喜爱这座小镇，把它列为南法最美的小镇之一，盛赞它是历史的凭证。虽然山镇不是产酒重地，每年也会举办酒会，人们从各地汇聚于此，享受醇酒与美食。

　　这座修建于1148年的桑南克修道院（Senanque Abbey）距离村庄约6千米，是戈尔德最神圣，也最诗意的地方。院里的修道士在院前栽种了大片的薰衣草，花影浮动，暗香吹拂，肃穆中透出光洁和幽寂的美。

　　如果你是一个懂花惜花之人，不妨到薰衣草博物馆里了解一下它的历史。

　　薰衣草早在罗马时代就已经是应用相当普遍的香草，当时的使用方式是将其加入洗澡水中，使精神放松，全盛时期的罗马帝国的王公大臣们喜欢泡浴在薰衣草浴液中，谈论国事或闲聊，这大概就是最早的"芳香疗法"。后来，人们发现薰衣草还有提神醒脑、杀菌驱虫等功效，它随之成为人们须臾不可离身的天然香料。

　　薰衣草的采集最早是农民、妇女、儿童的业余活动，随着城市的发展和香水的大量消费，人们对薰衣草需求大幅度增长，薰衣草的种植和采摘人数随即达到了顶峰，直到第一台薰衣草切割机发明，才改变了这种状况。而今，薰衣草精油不再是主要消费的产品了，合成的薰衣草产品更加多样化。但它在两个领域的重要位置仍然不可代替，即高级香水业，以及在植物疗法和芳香疗法下得到发展的医用业。

蔚蓝海岸之畔的卡西斯
——碧海蓝天的度假胜地

经由Frank的推荐,我们来到了本地人最喜欢的度假胜地,海滨小城卡西斯(Cassis)。它是由古罗马圆形剧场逐渐发展起来的渔港,西边地处干燥的普吉特(Puget)高原,东边是柯林斯(Canaille)海角树木繁茂的峭壁,以纯净的海水著称。

登上一条游船,我们准备去吹吹海风,拥抱一下大海。不经意看到一名酣睡的婴孩,奶油股的皮肤,红苹果似的脸颊,睡得那么香甜,难道梦中有更诱人的海洋:冰激凌的海浪拥着巧克力的帆船,太阳是一个巨大的鸡蛋布丁,风中透着曲奇的甜香。

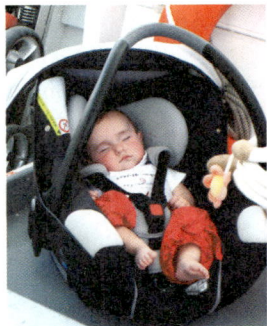

蔚蓝海岸位于法国东南端,与意大利接壤。这个"山海交融"之地曾因*Alpes-maritimes*一书而成为一个专门用于命名山海相依地带的旅游品牌,又被称为"法国里维埃拉",也就是法国的滨海阿尔卑斯山省,范围涵盖摩纳哥公国。

　　海上泊着很多游艇，人们聚在一起，或是晒太阳，或是游泳，或是谈天说地，或是干脆眯起眼睛，懒洋洋地趴在甲板上小睡。时有游船经过，热情地挥挥手，露出灿烂的笑容。羡慕他们的悠哉，我不自觉地想起了一首诗：

　　"从明天起，做一个幸福的人
　　喂马，劈柴，周游世界
　　从明天起，关心粮食和蔬菜
　　我有一所房子，
　　面朝大海，春暖花开……"

　　一股直抒胸臆的温暖扑面而来。今时今日，轻轻诵念这首诗，诗人隐匿的忧伤和失望早已被浪花冲掉，只剩下质朴的美好。

　　1989年，海子在完成此作两个月后选择离开了人世，他没能成为那种幸福的人，如果有来兮，他来到世界的这个角落，或许一切都会不同。

　　驱车盘山而上，行至断崖边。绿野蜿蜒，城镇错落，海色由浅入浓，城市在你眼前极自然地浓缩成一张明信片，无需破费。

　　眼前的景致却让我联想到爱情故事中男女主人公盟誓的场景。爱情里最惊心动魄的时刻，恐怕就是许下誓言的那一瞬，"You jump, I jump!"爱意里陡然萌生出万种热烈，直至天荒地老，宇宙洪荒。背景就应是这样的断崖，这样的深海，没有回旋，义无反顾，壮丽而凄美。

　　倦了累了，就到这水彩画中描绘的餐厅云寻找最撩人欲念的菜肴。

　　地中海鱼汤（Bouillabaisse）可以排进我生平最爱菜品的Top Five。这看似平凡无奇的橘红色鱼汤可有不少学问，它是以数种新鲜的鱼肉打成，再随个人喜好，加入干邑、啤酒或龙虾等海产，调和出不同口味。还有一样值得一赞的酱料——蒜泥蛋黄酱（Aloli），它用捣碎的大蒜头加上蛋黄、橄榄油制成，用来佐拌我心爱的鱼汤。吃的时候，先将起司（cheese）洒在汤内，再将烤得干脆的小法国面包切片，涂上厚厚一层蒜泥蛋黄酱，一口面包一口汤地配搭起来。顷刻间，蔚蓝海岸的煦暖阳光化成曼妙的味觉体验，鼓荡在舌尖。而这鲜香酥浓的味道，将从此揉入你的记忆，再也不能忘怀。

篇三

相爱的时光

　　蝴蝶停在那朵花上，是因为它看懂了花心精灵的曼舞。

　　鸟儿选择了那棵枝桠，是因为它听懂了大树苍虬的召唤。

　　白云投影在那片湖水，是因为水波中映澈出了它最真的容颜。

　　所以，我们万水千山的相遇，也没有什么值得惊讶的。

　　你的笑容温暖和煦，驱散了我天空的霾，你的灵魂饱满洁净，是我园中最芳馥的花朵。吾爱，请原谅我的不善掩饰，因我眼中的你是如此光耀夺目。

海誓——希腊爱琴海的至深爱恋

"在海的远处，水是那么蓝，像最美丽的矢车菊的花瓣，同时又是那么清，像最明亮的玻璃。然而它又是那么深，深得任何锚链都达不到底。要想从海底一直达到水面，必须有许多许多教堂尖塔，一个接一个的连起来才成。"这是安徒生《海的女儿》的开篇，面对着无限幽蓝深湛的爱琴海，我不由想起了这个故事。美人鱼化身为婷婷袅袅的少女，从海天深处踏浪而来，眸中柔波荡漾，寻觅着她的王子。

天空如一纸蓝笺平铺在头上，任你，用爱恋的渴想来描画；教堂静默，守护着你心中最无邪的秘密。

穿行在雪雕般的巷弄间，总有霎那的恍惚，难道真的置身于梦幻的彼端？在这里，冰雪永不消融，坦然承受着太阳的光耀。花开如锦，小路芳香洁净，来自灵魂深处的召唤，指引着我一步步地前行。

　　美人鱼失去声音，却获得了人类修长的双腿，她是不悔的。爱情深沉如海却又掀起惑人的浪，心爱的人近在咫尺，幸福无限临近，这一刻，所有甜蜜的愿望都灿烂夺目，绽放于盛夏的海上。

　　寻梦的伊甸园里，有娇媚如花的女子，也有相貌朴拙的男人。爱情面前，没有尊卑，只有一颗颗等待的、热望的心。

　　夏日蒸蒸，却总有种浮雪堆积的清凉错觉，漫步其间，但觉心田洁净，足不生尘。拾阶而下，我的脚步轻捷，充满着细碎的喜悦。是谁在紧紧相随？不需回首，就能感觉到的强烈存在。"是爱情"，我听到风中美人鱼的轻轻耳语。

　　倦了累了，就找一个舒服的所在。好美的露台，如碧海里生出的白莲，是人类以海为基构筑的幸福殿堂。

　　如果生命是一场遇合，我们定然希望在最美的时刻邂逅最美的人。浪漫是暗有所指的，烂漫的山花，闪烁的星子，潺潺的春溪，流泻的月华，或者是眼前这片，海天之间蜿蜒错落的皎白。在这样的地方与你相遇，我的眉目越发清亮出尘，于千万人中，亦可被你辨识。

　　如果是这样，你是否愿意陪我，聆听每一拍波涛，熟悉每一次涨退，共同记取那沉溺的蓝和明亮的白。

一直想知道"海誓山盟"这个词的由来。古人对着山海起誓，是崇拜山的坚定和海的辽远吗？我们明明学过江山易改的道理，也曾熟读沧海桑田的故事，却为什么，一再再地将心托付，重复着誓言，千遍万遍，千年万年。这样的心思，中外都是一样的，这个风车边的餐厅，是举行婚礼的热门场所。新郎新娘在这里盟誓，交换戒指。

而后，在音乐的伴随中，在当地人热情的簇拥下，缓行于街，接受所有旅人的祝福。在那一刻，他们彼此坚信，春秋过境，漫漫长生，我的爱如海，永不枯竭。

　　除了皑皑如雪的宁静，艺术村的喧嚣为我的寻梦之旅增添了别样的情致。当地的设计师毫无保留地展现着他们丰沛的创造力，陶艺、饰品、绘画、衣服，一家家意趣横生的小店，如同一个个独立的艺术空间，让你毫无招架之力，展开艺术性的血拼。

　　喜欢充满童趣的装饰物，大眼的女娃娃引颈以待，让我忍不住想抱走她，为我守在窗边，守住窗外的蓝天白云，流光寸缕。

　　广场一角，年轻的女子和孩童们俏皮地嗅着花香，一派童稚和纯真。她似乎并不在意货品卖出了多少，幸福是吸到鼻端的幽幽清芳。

　　晚霞的余赭里，一只帆船自海天深处驶来，是美人鱼的信使吗？在至深的海底，年迈的祖母与老父苦苦思念着她，她却无法回头，爱情，牢牢牵扯着她的身心。是啊，若能与心爱的人携手并肩，即使短暂，也胜过海底百年的寂寂光阴。

　　路的尽头是爱琴海夕阳最美的断崖顶端，人们从四面八方聚涌于此，等候着夕阳落海的动人时刻。

　　这是我见过的最美、最清晰的日落。太阳像一团圆圆的火球，一颗满载忆恋的心，灼灼的、亮亮的、略带忧郁和不舍的，缓缓投入大海的怀抱。海水缄默却暗自欣喜，吞吐着千浪，迎接太阳的回归，给它最深、最广的包容。橙色的霞彩是太阳对天空的余赠，一天将近，何不以绚烂华美的收梢，惊艳离别。于是众生屏息，沉溺于海天之间的相聚相离。

　　漫天的霞彩终被幽暗的暮色所取代，人们从美景中渐次苏醒，满怀感动地热烈鼓掌。情侣们相拥相吻，庆幸拥有如此销魂的时刻。

　　我们相视而笑。曾有这样的一刻，你执我的手，并肩看着晚霞依依，看着盈盈然温柔及岸的波光，听着来自大海滂沛的旋律，你的掌心温热，我的心平静而幸福。

　　美人鱼灵魂剔透，幻化成长天星子闪烁，我忽然读懂了她的心迹：不要因为也许会改变，就不肯说出美丽的誓言；不要因为也许会分离就不肯面对倾心的相遇，如果能在沁蓝的海上和你深深爱过一次再别离，我便能始终微笑着面对夏夜里静寂绵长的时光。

罗密欧与朱丽叶

——莎翁笔下的意大利老城故事

维罗那位于阿尔卑斯山南部平原上，完全由当地的粉红色大理石建成，玫瑰般的色调暗示了它浪漫的本质。的确，莎翁笔下最凄美动人的故事《罗密欧与朱丽叶》就发生在这里。如今，它是意大利最繁荣、优雅的城市之一。

这里有公元1世纪的辉煌建筑——罗马竞技场，它是意大利境内规模仅次于罗马"大斗兽场"的斗兽场，每年夏天在这里举行戏剧节。虽然这座椭圆形建筑的最外围除了一处残垣之外已经完全坍毁，但它仍然可供二万五千人同时观赏演出。

草坪广场附近的卡佩洛街23号是朱丽叶的家，这是一座带有许多阳台的中世纪房子。罗密欧和朱丽叶是维罗那市内的真实人物，蒙特格家族和卡普勒家族也的确存在，但剧中相爱的情节却无从考证。莎士比亚的生花妙笔让这对苦命鸳鸯在世人心中引起无数的感叹、唏嘘和遐想。问世间情为何物，直教生死相许，有什么力量比一场轰轰烈烈的爱情更动人心魄？

很喜欢莱昂纳多版本的电影《罗密欧与朱丽叶》，后现代的手法狂躁而张扬，却恰到好处也凸显了恋情的纯洁与唯美。青涩的爱人一见钟情，用生命谱出不朽的恋歌。

月光下的朱丽叶如墨色中盛开的白莲，如莲瓣上流转的柔光，爱情为凡间的女子镀上了天使的光辉。她在阳台上徘徊低语，如呢喃，如梦呓：

"罗密欧，为何你偏偏是罗密欧，别认你的父亲，放弃你的姓氏，如果你不愿意，只要发誓爱我，我就不再姓卡普勒。只有你的姓氏是我的敌人，你不姓蒙特格也无妨。蒙特格算什么，它不是手，不是脚，也不是胳膊或者脸庞，也不是身体的其他部分，哦，就改姓别的吧。名字有什么关系，玫瑰不叫玫瑰可它还是一样的香，所以罗密欧如果改个名字，他还会一样的可爱，一样的完美无缺。罗密欧，抛弃你的名字吧，你就可以全部的拥有我。"

这就是朱丽叶昔时伫立的阳台，是两人甜蜜爱情的秘密基地，当她的芳心在此漫游时，早已守候在窗下的罗密欧情不自禁地呼唤："这正是我朝思暮想的恋人！"故事中的对白被镌刻在阳台下爬满长春藤的红砖墙壁上，似在提醒着我们，这里曾有过怎样美丽和忧伤的过往；又似在告诫世人，能够和心爱的人相伴相守是何其有幸，切莫辜负。

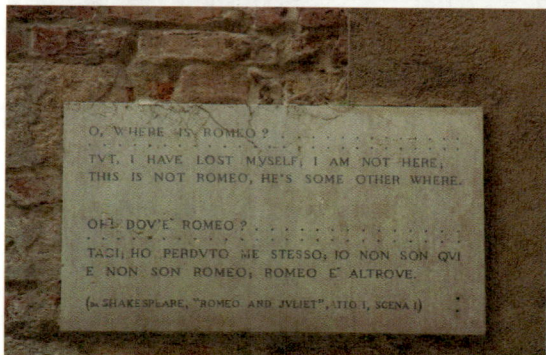

　　院落里立有一尊两米高的朱丽叶的青铜雕像，她一手抚着胸，一手拽着裙裾，含情凝睇，若有所思。她的右手臂和右胸已被触摸得闪闪发亮。看到她被不断游人袭胸，我不禁愕然，后来才得知，你的姻缘美满与否，就看这一摸了。我们哑然失笑，人的想象竟有如此幽默的延展力。

　　外院的墙壁上密密麻麻写满了字，那是来自世界各地的留言。情侣们喜欢在悱恻爱情的发生地许下盟誓，彼此相互印证，相互留念。的确，人间的鹊桥，纵不如天庭的绮丽，亦值得一砖一瓦地建造。想想看，你要走过多少个春去秋来，多少丈人间红尘，才能迎来那一次眸心交汇的震荡，才能等到那一次掌心密合的温暖。

　　记得小时候听过一首歌，有这样一句词，"春来无消息，春去无痕迹，寄语多情人，花开当珍惜！"如珠如玉，字字敲在心中。在此寄语有情人，在纷杂的爱之向度中，请懂得珍惜。

　　罗密欧的府邸早已没落，只是在嵌入墙壁的大理石上写着这样一段话："啊，罗密欧，你究竟在何方？我已情乱意迷，神魂颠倒，这个不是罗密欧，他已不知去向。"

眉间山水——瑞士的桃源风光

很喜欢王观的词，"山是眉峰聚，水是眼波横，欲问行人去哪边，眉眼盈盈处"，觉得他将山水喻为眉黛和眼波，生动烂漫又别具慧心，真是再妥帖不过。仁者乐山，因着山的博大与稳重；智者乐水，因着水的睿智与灵动，而我一个小女子看山看水，却是因为山水间恰如眉目流盼，有叙不尽的情愫。因为山的温柔相守，水的缠绵相互，才有了我们依山傍水的静好人生。

瑞士的山水是极美的，不大的国家里，湖泊如星辰般大小相缀，山野绵延，行走在山水间，如同入了画境，流光简曼，心思甜悦。忍不住提笔将所行山水一一记录。

众多湖泊中，琉森湖是最受青睐的一个，湖水为雪山融水，冰清澄澈，仪态万方。时而晨雾牵纱，时而夕阳浴金，阴晦时有含烟的温柔，晴朗时有明快的透亮。天空是始终如一的蓝，谦逊沉着，仿佛它的存在只为了给这水作一面衬景。

　　湖畔的城市琉森既有古典的诗意，又富自然的意趣，不大的古城却能满足你对欧洲所有的憧憬：浪漫的天鹅湖，典雅的中世纪建筑，藏品丰富的博物馆，时尚新颖的店铺，写意的露天咖啡座。琉森仿佛就是为了一次美妙的旅行而生，它在"世界上最受欢迎的旅游城市"中排名第六。

　　水塔花桥是琉森的重要标志，古老的木质廊桥里壁画栩栩，讲述着本地的历史风貌和英雄故事，朴拙的桥身上缀满了鲜花，水色之上，晕开一抹嫣然的红艳，连洒落的阳光也旖旎多情起来。

　　田园牧歌般的生活中怎能没有爱情？德国著名作曲家瓦格纳便是在这里度过了人生中最美好的时光。他曾在德国邂逅音乐家李斯特的女儿，奥地利著名外交官标洛的妻子科西玛，两人萌生情意。科西玛为了追求真爱，冲破各种阻力，抛弃名誉和地位，与那个后来成为奥地利首相的显赫人物离了婚。她在琉森湖畔找到了瓦格纳，从此恩爱缱绻，执手偕老。1870年，他们爱情的结晶齐格弗里德出世，瓦格纳为此兴奋不已，写下了名曲《齐格弗里德》，抒发内心的幸福与喜悦。同年12月25日，为庆祝科西玛的生日，这首曲子首次公演。

　　山色蓊郁，峰峦起伏，此情此景，你是否也会有想飞的冲动。乘一缕流风，徜徉在天地间，轻烟似地化出人们的视域，雀鸟一样地自由，何等潇洒，何等翩翩！

　　瑞士的铁路网极其发达，省却了驱车的劳顿。捧一杯咖啡，安然坐在车厢里看风景，目光所及之处绿意盎然，芳草茵茵，皆是罗裙翠染的画色。牧场里总是闲卧着几头奶牛，偶尔起身小踱几步，咬嚼青草枝叶的甘香，星星野花在风中摇曳，应和着它们尾鬃的扫拂。

　　图恩湖面积不大，但水色炫美，映日成彩，据说是冰河融水含丰富的矿物质所致。傍水而居，可以濯足，可以垂钓，可以泛舟，可以顾影，亦可以作个临水照花的世外人。秋色细细为山峦点上颜色，几分鹅黄，几笔橘绿，几片黛青，几痕渐没的白，这山水便如理完妆的佳人，巹笑生姿，秀色出世。

　　布里恩茨湖却静美得如一块蓝玉。总觉得水是百看不厌的，其本身，就透着一种典雅的人文意象，花上晓露眼中横波，哪样不是水生？古朴如诗三百，亦是由一条水畔写起的，水鸟和鸣，水草浮动，如一卷淳厚的无渣滓的歌。

　　阿尔卑斯山脉的铁力士峰海拔3238米，是瑞士中部最高的山峰。从山脚到顶峰，换乘了三种缆车，每段景致亦不相同，从草木如织到云树苍茫，季节随着高度的攀升而更迭。特别值得一提的是世界首创的360°旋转缆车，像踏进一首华尔兹，梦一般在群山之间旋转，与山峦翩然共舞。

　　从铁力士山上远眺，雪峰延绵，中有一座似是仙人盘踞。想是这尘世独到的美令他醉而忘返，坐守于天地浑然处，妙契相通，岁月不扰。

喜欢这汪水，虽然不大，却足够勾起我的想象。和风惠日下，它是天空的颜色，一碧无瑕，如少女未经尘世的眸光。待云经过，织出梦霭，便盈溢出脉脉动情的眼波；等风拂过，金光乍现，恰似点燃顾盼飞扬的神采。山川爱惜地将它环绕，如捧在心头的一滴露。

拂晓的山容最是动人。从火车上望过去，山谷间浮动着一层轻灵的云絮，村庄犹自沉睡，草木幽微，是苏醒前的极静。

晓梦将醒之际，风中传递着一种难以言说的憧憬，我知道在某一刻，所有的一切都会欢然苏醒，欢然迎接一个全新的开始。

爵士之都蒙特勒山温水润，是日内瓦湖畔最秀逸的城镇。湖滨道上遍植着月桂树、巴旦木、木莲和棕榈，时有幽香沁人。

斜阳晚照，水纹漾漾地晃在脸上，令人有一丝恍惚迷离之感。一对水鸟在石上喁喁细语，如一首自然交响乐的收梢。

绮霞低映晚晴天，山水之间的情意真真切切地流露了出来。天地宛如一张柔情密织的网，织出临风对月的相思，网住相偎相携的归鸟，依依复依依。

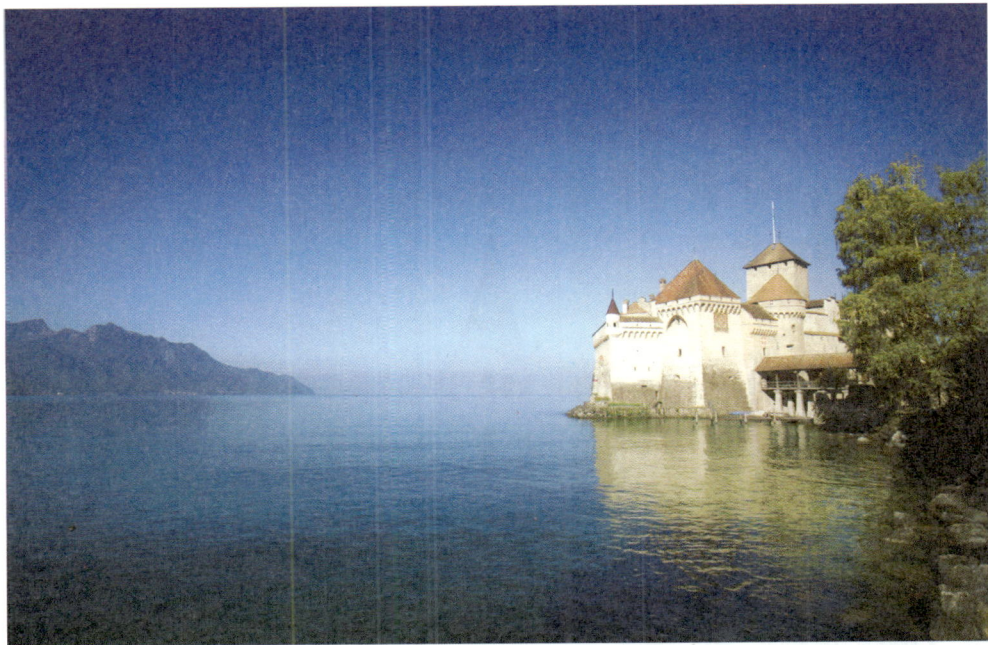

　　当然，山水间若多一些人文姿彩，便愈加耐人寻味。西庸城堡，欧洲最古老、最神秘的古堡之一，就静静地伫立在水上，遗世而独立。由于历史过于久远，人们已无法确知西庸城堡的起源，目前发现最早的文字记录是1150年的。建筑学家认为，城堡底部的基石是在11世纪修筑完成的。"西庸（chillon）"在法文中是"石头"的意思，也许它的得名就来源于它所在的那块凸出湖岸的巨岩。13世纪至14世纪时，这里是意大利王族萨伏依家族的领地，后经世事更迭，几易其主。

　　石堡缄默，任游人穿行，任史人拼凑它辉煌的过往。那些被遗忘的记忆依旧在它冰冷坚强的身躯里婆娑，如浓郁芬芳的玫瑰。而它身后，蓝天像是为无数聚散离合而忧伤，风里弥漫着一种强烈的愿望——对亘古世纪悄悄私语的怀念。

　　古堡知名的，还有它的地牢。1816年英国诗人拜伦来这里参观，为曾关押在此的囚犯博尼瓦尔写下了激情澎湃的长诗《西庸的囚徒》。博尼瓦是圣维克多修道院院长，1536年，他因支持日内瓦独立，想推翻萨瓦大公统治事败，而被关进地牢，长达六年之久。被关在一起的还有他的两个弟弟，他们分别被铁链绑在石柱上，几乎不能活动，兄弟三人只能费力地触碰手脚相互安慰，精神不振的时候他们就靠唱歌、讲故事驱散绝望。但是，两个弟弟还是先后逝去，博尼瓦虽然活了下来，他的痛苦却非常人所能领会。如同拜伦诗中所述，"不管身上是否还有桎梏和镣铐，我已学会爱上了绝望。"（Fetter'd or fetterless to be, I learn'd to love despair.）

　　比起宏大、庄严的建筑，秀丽纤巧的小教堂让人更觉亲切。没有厚重而密集的文化，却能体现出更为质朴的生活方式。一座小丘，雅洁的白房子，落叶堆积的小道，来自生活的平常和宁静一下子沉淀了你的心情。

　　距蒙特勒5分钟车程的姊妹城沃韦是座更有生活意味的小城，幽默大师查理卓别林在此度过了25年的时光，并长眠于此。他的铜像站立在花丛中，面朝湖水，依旧是惯有的俏皮装扮，若有所思地凝视着远方。

　　沃韦食品博物馆门口的湖中，竖立着一把8米高的餐叉，它是为了纪念雀巢公司设立食品博物馆的特别艺术品，如今成为了小城的新地标。在湖畔的餐厅用晚餐，面对着水光潋滟的日内瓦湖和层林渐染的秋色，生活如一杯清冽的白葡萄酒，品相出尘，回味无穷。

　　在眼睛饱饮了水色后，也别忘记慰劳一下身心。天气晴好，可以从古城洛桑乘渡轮到法国著名的矿泉水小镇依云。闻名世界的依云水是由高山融雪和山地雨水在山脉腹地经过长达15年的天然过滤，加上冰川砂层的矿化而形成的。既然女人是水做的，就以水来滋养吧。

　　醉心于水色的何止于人。坐在船上，总能看见逐水的鸟儿，白羽红喙，身形矫美，为相对静止的景致添上一笔动态的风流。如果山水真的是丽人的眉黛眼波，它们就是那惊鸿的一瞥，恰如爆绽的烟花。

童话世界——奥地利小镇的无忧无虑

　　我渴盼这样一片天地，如儿时童话里无忧的梦土，风霜不曾侵袭，忧烦不曾驻足，岁月如淙淙流淌的小溪，单纯得没有一丝杂质。在这样明净的地方，你只有真，连心事都不会藏匿。

　　这是奥地利一个名叫Kitzbuhel的小镇，也是我心中的童话世界。作为欧洲著名的滑雪胜地之一，它的冬天通常是银装素裹、热闹非凡的，今年之所以如此宁静，是因为赶上了一个罕见的暖冬，十二月的天空，未曾飘落一朵雪花，我却欣然接受了这份煦暖，与晴蓝的天气为伴，徜徉在梦幻的乐园。

　　喜欢这份闲逸的远不止我，看着这优雅的小生命自顾自地爱惜自己，我脑海中浮现出不知哪位哲人说过的一句话，"这样静，这样寂寞，而内心又这样愉快，在我的眼睛中，愉悦和满足的井水满溢着。"

空气鲜洁得如高山的顶巅，使人联想起伊甸园的第一个早晨。小径上有轻风在驰骋，光与影在枝柯间闪动出没，晃晃地落入眸中。

童话世界里，爱情仍是永恒的主题。无论是高塔里深锁的公主，还是寻常百姓的女儿，无一不渴望着心上人的翩然来临。

"爱上了你，身边的世界骤然变得寂静了。就在那短暂的片刻，我在镜花水月的生命里抓住了幸福。"——张小娴

　　山路转折处，邂逅了一面湖。湖并不大，没有雾霭烟横的迷离，却有纤尘不染的澄澈。爱极了这种澄澈，有洞悉万物的空灵，一如人的初心，不掺杂质，不惹尘埃。

　　波平如镜，倒映着朝霞夕岚，岁月年华，没有谁比它更了解那春花的清滟，夏云的奇崛，山峦的复奥，草木的深秀，那交替的聚散与荣枯。然而此际的我，不钦羡它的智慧，却流连它的美好。情心一动，山水皆含情，宛如眉黛与眼波，向我依依凝睇。

假如我是一片倦游的云，定会借着月光，泻影在这眠熟的波心。吾爱，你可愿荡一叶小舟，驰入我的梦境，却不扰我安眠？

鸟语欢畅，又一度清晓，山谷间的晨雾在渐渐消散，大地正酝酿着一场苏醒。幽蓝、粉红、灿金，是谁的巧手织出这样绚幻的锦霞，时而柔定，时而游移，引出无限遐思。

倚窗而立，与你共赏彩霞满天，耳畔仿佛听到那戏文里低徊的小唱，"知音难求，我当紧紧拥有。明日晨曦里，携你踏青草，看取青山嵯峨，记取波光潋滟，就着花香浅浅，和着天籁仙音，抚筝合奏一阕《诉衷情》"。

心中的日月——香格里拉的斑斓秋天

　　走过了很多地方，领略过不同的景致，对来自远方的美好召唤，总是欲罢不能的。香格里拉，这方净土就像它的名字一样，一直是我心中的日月。

　　1933年，英国小说家詹姆斯·希尔顿在他的小说《消失的地平线》中讲述了一个充满传奇色彩的故事，几个英国人因为飞机意外而闯入一片陌生的土地，并受到了当地人极好的接待，随着了解的深入，他们发现自己竟身处在东方文化的神秘核心。这里雪山环绕，冰川、峡谷、草甸、湖泊，宁静如人间的圣土。居民以藏民为主，信仰和习俗却各不相同，儒教、道教、佛教、苯教，彼此团结友爱、和睦相处。人们奉行"适度"的美德，遵循着自然的法则。这本书在欧美国家引起了巨大的轰动，它不仅在西方的文化价值观念中植入了人间乐土的意境，还为英语词汇成功创造了"世外桃源"一词——香格里拉。香格里拉意为"心中的日月"，英语发音源于中甸的藏语方言。

　　这片理想的乌托邦是否真实地存在？经过数十年的寻找和论证，1997年，云南迪庆向世界敞开了胸怀。

　　初秋的天气是神秘难测的，有时阳光炙热，有时却阴雨阵阵，如同佳人娇憨的任性，令前来一窥其美色的人吃些苦头，然而这丝毫无损我们这些凡夫俗子的热忱。美，让人沉沦，让人勇敢。

山容澄清而微黄，层林渐次被秋色所浸染，呈现出诗意而纷繁的错落颜色。绒绒的草甸如同水上招摇的温床，让人想要除去鞋袜，飞奔上去感受草叶柔软而酥麻的触碰。可惜它并不适合人类踏足，我只能艳羡地看着马儿自在地吸吮草液的芳香。

从没有刻意偏爱过红色，独独在秋意弥漫的山水间。哪怕只有一枝一痕，也足以在深黄浅碧中脱颖而出，燃亮你的双眸。

　　许是感应到我的心迹，上苍竟大度地赐予了我满目的锦霞。驱车在藏区里穿行，道旁遍在着丛丛簇簇的狼毒花，红得触目，红得动人心魄。

　　天蓝得高远，草原上牛羊闲逸，红花绿叶相缀如绣。若能在这样的土地上与你结庐而居，天迥地遥，岁月不惊，看远山起伏叠嶂，与白云相戏相亲，心中亦是股实饱满的幸福。

　　收音机里响起那首熟悉的歌："你是心中的日月落在这里，旅程的前后多余只为遇到你，多么想幻化成为你脚下的泥，那天的无人山谷，仿佛听见说爱你……"

柔软的归依——仓央嘉措的西藏情歌

很多人都把西藏列为人生中必访的地方之一，有疑惑的人去那里寻求生命的真相，有期待的人去那里寻求质朴的回归，有信仰的人去那里寻求与神接壤的方式。千欲千寻，都彰显着同一种对自然真纯的渴望。于我而言，那里，是一片拥有莫测的精神力量和美丽传说的土地，而如果你仔细聆听，那些动人的传说，的确真实地存在于人们心中。

八月，拉萨的天气如同恋爱中少女的心思，阴晴难猜。坐在出租车上，窗外是雅鲁藏布江的滔滔流水，远山庄严，苍蓝的天空上，大朵的白云相随，心立时变得柔软起来。彼时，我们也曾在水草丰美的年代，依山而驻，傍水而居。

酒店位于拉萨市区，紧挨着大昭寺，这家藏式风格的酒店很受各国游客的喜欢，舒适的环境也有利于克服初访高原的不适之感。身着藏服的女孩子敲门，为我的房间插上一束鲜黄的雏菊，她的笑容明亮得耀人眼眸。

虽是夏季，大昭寺的清晨仍然泛着凉意，空中飘下绵绵的细雨，寺前却已站满了游人和香客。大昭寺始建于7世纪吐蕃王朝的鼎盛时期，寺内供奉的是文成公主从大唐长安带来的释迦牟尼十二岁等身像。随着攒动的人流经过弥漫着酥油香气的宫殿，藏王松赞干布的塑像身侧，静静仁立着一位云鬓高绾、娴静端庄的女子，那便是文成公主了。一千四百多年前，就是这柔弱的女子，车马辚辚，从长安而来，肩负着大唐的尊荣，消弭兵事，传播文化，给草原带来欣欣向荣的和平气象。难以想象她的坚韧与勇敢，此去经年，水远山长，长安的明月夜再也遥不可及，亲人的善慈也只能在梦中重现了。而她，却要在这片陌生的土地托付终身，英武的藏王，是否懂得怜惜这如花似玉的大唐女子呢？

大昭寺外的八廓街，是藏民们行转经仪式的必经路线。看着那些风尘仆仆的藏人不远万里，用身体丈量着路途，虔诚地磕下每一个等身长头，我的心被深深撼动，信仰的力量竟是如此强大。

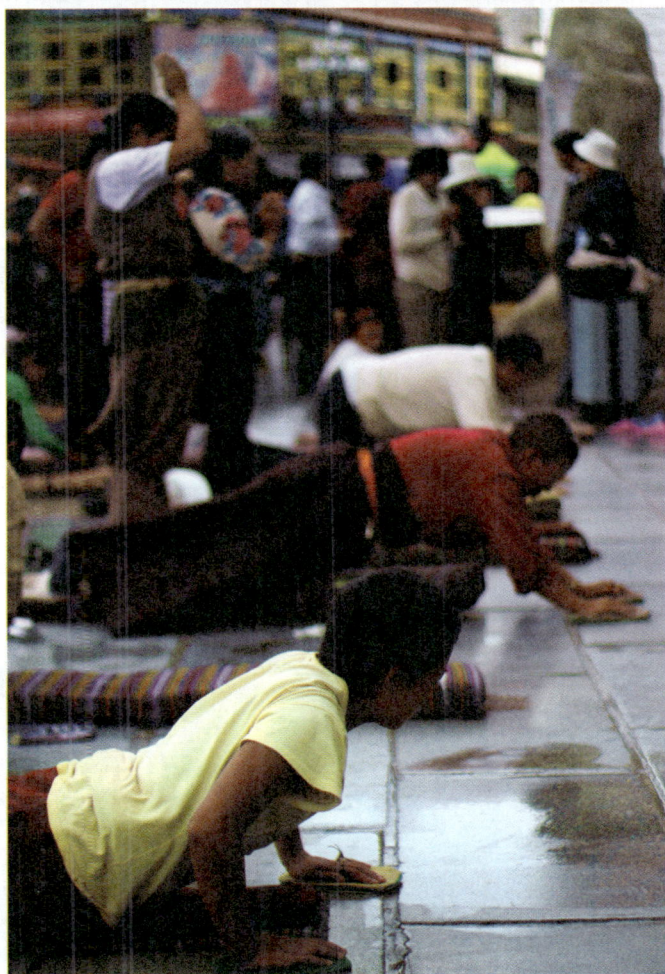

"那一天，我闭目在经殿的香雾中，蓦然听见你诵经中的真言，
那一月，我摇动所有的经筒，不为超度，只为触摸你的指尖，
那一年，磕长头匍匐在山路，不为觐见，只为贴着你的温暖，
那一世，转山转水转佛塔，不为修来世，只为途中与你相见"。

　　想起朱哲琴的《信徒》，似乎感悟了"信徒"的真意，而如此深情唯美的诠释，据说，是源自西藏历史上最具传奇色彩的六世达赖仓央嘉措。有人说这是首情歌，那么，是不是爱情也可以被当成一种信仰？走遍千山万水，只为了瞧一眼你温柔的眉目，只为了系住你我的缘分。

　　天空逐渐放晴，远远看去，布达拉宫雄踞在红山之巅，气势宏伟，殿宇嵯峨，迂回的高墙红白相间，如此肃穆，如此纯洁无垢，仿佛亘古以来就矗立在那里，雁鸟疾飞，风云聚散，只有它不为所动，任岁月流淌，任世事更迭。

　　近了看，发现这建筑远比想象得高大，脚下树木葱茏，山花摇曳，顺着迤逦的墙堞望上去，每一段蜿蜒的石阶似都有一段故事，历经过一段岁月的镂刻。

　　海拔三千六百多米的山寺爬起来并不容易，买一瓶水奖励自己。高原的光线舔舐着肌肤，身上也有了汗意。朝圣，贵在一个"朝"字，须得经历一番辛苦，方显不易，方显诚心。

　　布达拉宫整体建筑主要由东部的白宫、中部的红宫及西部的僧房组成，宫殿内部廊道交错，殿堂杂陈，空间曲折莫测，置身其中，好像步入一个神秘世界。白宫横贯两翼，为达赖喇嘛的生活起居地，红宫主体则是达赖喇嘛的灵塔殿和佛殿，除六世达赖外，五世至十三世达赖的灵塔全部安放在这里。布达拉宫里唯一保留有六世达赖遗迹的地方，是他曾经的寝宫——德丹吉殿。

　　透过缭绕的藏香，我仿佛看到那个眉清目秀的少年，放下泛黄的经卷，停止口中的诵念，眼光飘向很远的地方，那里青草欢快的生长，酒歌醉人，姑娘的面庞灿若桃花。

　　"曾虑多情损梵行，
　　　入山又恐别倾城，
　　　世间安得两全法，
　　　不负如来不负卿。"

　　命运像一条深河，将我们带向不可知的归处，而奔流中所遇到的惊喜的旋涡和悲伤的暗礁，亦不是我们所能预知的。如果可以选择，这年轻的少年还会不会如囚鸟般坐在这深邃的宫殿，遥望心中飞扬的绿野？

　　夜幕下，八廓街上的玛吉阿米投射出昏黄的灯晕。这是一家以藏餐为主的餐厅，吸引了来自世界各地的游客。曾经在这里，年轻的达赖仓央嘉措变身为民间的翩翩少年郎，与美丽的姑娘玛吉阿米夜夜欢会，人间的灯火温慰了少年的心，爱情的柔波在他心头荡漾。"住进布达拉宫，我是雪域最大的王。流浪在拉萨街头，我是世间最美的情郎。"少年的烈烈歌声响彻在夜空中。

　　餐厅的书架上堆放了各种图书以及厚厚的留言簿，写满了旅人们的心迹，有渴盼，有叹谓，有美好的憧憬。爱情，在每一颗寂寥的心上播下希望的种子，却少有能如期开出花朵，就像那年轻的达赖，也曾在佛前困惑与挣扎：

　　"我问佛：世间为何有那么多遗憾？
　　佛曰：这是一个婆娑世界，婆娑即遗憾，
　　没有遗憾，给你再多幸福也不会体会快乐。

　　我问佛，如何让人们的心不再感到孤单？
　　佛曰：每一颗心生来就是孤单而残缺的。
　　多数人带着这种残缺度过一生，
　　只因在与能使他圆满的另一半相遇时，
　　不是疏忽错过，就是已失去了拥有它的资格。"

　　羊卓雍湖，藏语意为"碧玉湖"，是西藏三大圣湖之一，喜马拉雅山北麓最大的内陆湖。从观景台上望下去，云雾轻掩的湖水如绾了一层梦幻的薄纱，半明半昧间，流动着明丽而生动的蓝。

　　水色如此纯粹，涤尽了人世的尘埃，我想，也许只有在这样宁静无染的地方，只有在懂得尊重自然的地方，上苍才会给人类如此的馈赠。这水的灵与净浸入人们的性灵，让他们的生活清简却美好，让他们的内心单纯却饱满，令他们的笑容熠熠如新阳。

　　山水之间，总有种剪不断的绵缠情愫，无论看山还是看水，一旦缺了一样，便觉得不算至美。那人生呢？

　　怀抱着小羊温热柔软的身躯，觉得与这片土地又亲近了几分。老奶奶笑容慈善，细看之下，时光雕琢过的面庞竟流露出光洁的美丽，皎如山间的白云。

　　扎什伦布寺意为"吉祥须弥寺"，是西藏日喀则地区最大的寺庙，位于日喀则城西的尼玛山上，是四世班禅之后历代班禅的驻锡之地。错钦大殿为该寺的最早建筑，大殿内同时可容纳两千多人诵经。殿前有一个五百平米的讲经场，是班禅向全寺僧众讲经和僧人辩经的场所。

　　相比布达拉宫，扎什伦布寺更加简朴而亲和。白色的僧舍随处可见，身着红色僧袍的僧人丝毫不受游人的惊扰，安然继续着他们的日常修行，诵经的、汲水的、忙碌的、休憩的，偶尔目光交错，露出单纯而慧黠的笑容，甚至还有淡淡的羞涩。

　　整个寺院依山坡而筑，殿宇依次递接，疏密均衡，错落有致。不同于汉人的庙宇，藏庙里的佛像大都面目狰狞，令人望之生畏。虽然凛然生威，警醒了众生，强烈的视觉冲击力却让我时有难以负荷之感。而在扎什伦布寺的强巴佛殿里，一尊高达二十六米的强巴佛端坐在近四米的莲花基座上，面容平和，无嗔无怒，俯瞰着芸芸众生。于是沉下心在佛前祷祝，虽然明知心既有所求，心既有所念，便不是真的自在，或者，我们有时宁愿心有所缚，也要保有那至深的眷恋，不渝的坚持？

　　悟，谈何容易。曾几何时，二十岁的六世达赖仓央嘉措就在这里，端坐在他的老师五世班禅大师面前，毅然决定放弃修行，放弃他至尊的身份，任老师如何开导劝诫都不为所动。平地惊雷，众僧哗然，扎什伦布寺上浓云滚滚，唯独那少年面色沉凝，眸光坦亮。爱人如水的柔情漫过了寺院的高墙，漫过了冰冷的佛像，漫过了巍峨的宫宇，直直袭抵了他的心，化为无坚不摧的力量。

　　从沉沉的庙宇中走出来，心轻松了很多，佛说，"一花一世界，一叶一如来，春来花自青，秋至叶飘零。"沿着曲折的石径随意漫步，与老僧人言语不通地谈笑，人生原该简单开怀。

　　从拉萨出发，经过四个多小时的车程，翻过海拔五千米的山峰，终于来到了纳木错，藏民口中的天湖。虽然对它的风景已有耳闻，但当这一片蔚蓝铺展在眼前时，呼吸仍不禁为之一顿。天湖，的确像是从天而降，如蓝色的绸缎从天界铺展至人间，阳光下灿着银光，粼粼烁烁。若不是遥遥的远山，若不是浓卷的白云，你便真以为这水天融在一处，浑然忘却了自己的所在。

　　藏人相信天地有灵，生生轮回，所有的山峦湖泊都有神明意志，能回应他们的祈祷。信徒传说，每到羊年，诸佛诸神都会在湖上大兴法会，如有人此时前往朝拜，转湖念经一次，其福无量。所以每到藏历羊年，那些僧俗信众不惜长途跋涉，历尽千辛，前来转湖。湖畔玛尼堆遍布，每颗石子都凝结着人们的祈愿。

　　行走在天光云影间，湖水如幻，倒映着历历昨日，蓝天白云旖旎如画，诱我们奔赴生命更深的征召。缘起，万水千山；缘灭，沧海桑田，神山圣湖亘古常在，守望着谁的心事？

　　此情此景，你是否愿意化为天上的一抹闲云，隐入这碧水长天之间，留下无心的映影？三百多年前，二十五岁的仓央嘉措便是这般神秘地消失在青海湖畔，留下扑朔迷离的猜想。

神山圣湖依旧缄默，自然的智慧，原不是每颗凡心都能懂得。但总有些细致透彻的灵魂，能够为我们感知天机的深玄，圆通生命的秘奥。最喜欢仓央嘉措这首《念与不念》：

"你见，或者不见我，我就在那里，不悲不喜。
你念，或者不念我，情就在那里，不来不去。
你爱，或者不爱我，爱就在那里，不增不减。
你跟，或者不跟我，我的手就在你手里，不舍不弃。
来我的怀里，或者让我住进你的心里，默然相爱，寂静欢喜。"

因为沉默，你永远不知道这山水之间蕴藏了多么醇厚的情感。年轻的达赖在碧水湖畔遁去，死生成谜。然而那一首首情歌，却依旧在藏民口中代代传唱，深情而嘹亮。如果你懂得聆听，就请接受这歌声的带引，穿过拉萨的大街小巷，穿过布达拉宫的暮鼓晨钟，穿过草原的郁郁春风，穿过圣洁的山川湖泊，回到那久已遗忘的心灵的故乡。在那里，祥云缭绕，美好的故事永不终结。

篇四

多彩的世界

　　因为拥有了你，我仿佛拥有了整个春山的花香，整个海洋的月光。

　　吾爱，当你执起我的手，世界就在我们掌中。

燃情特拉维夫——走入真实的以色列

　　很多地方也许一生都没有想过涉足，不是因为它的远，而是因为心中的隔碍，对不了解的地方，我们会有一些主观的臆断，也许它太荒僻，也许它并不安全，也许它的气候不适合个人体质。也许，我们不该对所知甚少的事物妄下断语，怀着一颗平易而善感的心，旅行就会带给你重重惊喜。

　　种种机缘造就了我们的以色列之行。匆匆整理了行囊，心中是有些惴惴的。对这片神秘的土地，我仅知的是它满目疮痍的历史，血泪交缠的信仰，这积淀的厚重可会让人透不过气？

　　八月，正值炎夏，万里无云，特拉维夫的阳光释放出足够的热忱。特拉维夫的全名为特拉维夫–雅法，由特拉维夫和雅法两座相邻的城市垦成，通常简称为特拉维夫，是以色列第二大城市。它最初创建于1909年，是由一批犹太移民为逃避邻近古老的港口城市雅法昂贵的房价而兴建，逐渐地，特拉维夫的发展超过了以阿拉伯裔为主的雅法。如今，它已成以色列的经济和文化中心，同时也被列为中东生活费用最昂贵的大城市。

在我眼里，这里就像一座现代化的海滨城市。沿着海岸线，各色酒店林立，闲闲地散着步就踱到了海边。地中海碧波荡漾，向你发出盛情的邀约，海滩上人群古铜色的肌肤被日光灼得发亮，棕榈摇曳，整个城市焕发着勃勃生机。

风扬起我的裙裾，原来，这里是可以畅快呼吸、恣意欢笑的。心骤然变得像鼓涨的帆，乘着风，遨游于无际的海上，海波一样的自由。

老城区的美却别有韵味。雅法古城的历史非常悠久，有人类居住的文物记录可以追溯到大约公元前7500年。从青铜时代开始，雅法因其天然的港湾地形而被人类所用。据《圣经》记载，雅法城得名于诺亚的儿子雅弗，在那次吞没世界的洪水后，他建立了雅法。想想看，几千年前，善良的诺亚可能就是在这里踏上方舟，载着希翼，拯救人类于灾厄，并在这里留下墓穴的，令不禁心潮澎湃。另一种说法称该城得名于希伯来文YOFI，即"美人"的意思。当时涣散在世界各地的犹太人每每回归，到圣地耶路撒冷朝见，都必须由雅法进入以色列。对颠沛流离的游子来说，雅法若隐若现的身姿，如绰约的美人，令人望眼欲穿。

无论做何种解释，雅法的确是世界上有据可查的最古老的城市之一，已有3500年历史。如今，这里已成为以色列和阿拉伯各类艺术家齐聚的殿堂。为了不破坏它的古韵，在画廊、工艺品店和小型剧场之间，仍有犹太会堂、俄国东正教和亚美尼亚的教堂杂于其中。

巷弄交错，和欧洲的艺术小镇颇有几分相似，却远没有热门景点似的热闹喧嚣。画廊、工作室、特色小店，店主不乏在本国颇具声望的艺术家。这里复古的氛围也很受准新娘们的青睐，黄昏时分，常有拖着雪白及地婚纱的女子在此地拍摄婚纱照。夕照的古巷和年轻婀娜的身姿，岁月的质感便被镜头捉了出来，为红颜陪衬。

　　沿着小径寻幽探秘，这安静的"老妇人"引起了我的注意。是在思念远方的儿女还是追忆流逝的华年，或者默默关注着过往的行人？这雕像很是传神，仅是情态便让你相信她是真的存了一段心事。

　　从望向它的第一眼，我便被这家餐厅迷住了，说不出的古雅，说不出的宁静，质朴中透着摩登味道的休闲，让人禁不住想在此消磨一段时光。年少时所受的教育里，时光总是经不起蹉跎的，唯有努力进取，才不算辜负。大了之后方才觉得，在某些时候，时光竟是用来蹉跎的，总有那样的一些地方，一些时候，让你想要放慢脚步，放下手头的忙碌，偷得半日闲光，哪怕什么也不做，亦觉得饱满充实，生命也因此多了姿彩。比起那些求求索索的日子，这样的时光反而令人觉得更加可贵，因为，它是快乐。

　　选了个临窗的位子坐下，极目是无尽的蓝。海水的蔚蓝和天空的湛蓝在远处连成一线，天与地永恒的距离被无限拉近，轻轻念起了泰戈尔的那首诗《飞鸟与鱼》：

So the most distant way in the world　世界上最遥远的距离
is the love between the fish and bird　是鱼与飞鸟的距离
One is flying in the sky　一个翱翔天际
the other is looking upon into the sea　一个却深潜海底

其实，曾有些时刻，飞鸟与鱼那般接近过。

胡姆斯和皮塔饼是犹太人餐桌上必不可少的食物。皮塔饼是一种源自中东和地中海地区的面食，外形有点像面包，实则为一种空心的圆形面饼。你可以根据自己的口味在里面加入不同的食材，有点像中国的肉夹馍。犹太人最喜欢在皮塔饼里加入一种叫胡姆斯的酱料，那是一种中东特有的豆酱，将鹰嘴豆磨碎调味而成，极有营养价值。若怕吃相不够优雅，可以小小撕取一块皮塔饼，蘸着胡姆斯送入口中，顷刻间满溢的豆香便令你再也顾不得形象，大口大口地吞咽起来。

　　本地人热情大方，常常会主动与你招呼或攀谈，游客们在这里也格外自在。这个落落大方的美国女孩曾在上海学过一些中文，看她一个人背着包潇潇洒洒，想是踏遍了不少地方。

　　应朋友的邀请，傍晚时分，我们来到海边的餐厅就餐。晚霞映照的大海美得令人屏息，亮得嫣红，暗得柔紫，粼粼闪闪的银光，随着海风的轻拂，和着海浪的低吟，竟是一幅生动的、有韵律的图画！

　　菜肴精致，地中海式的风味烹调得恰到好处。一度散居在世界各地的犹太人将各地的美味都带回了自己的国家，所以完全不必担心饮食的单调。值得一赞的是，这里先进的旱地灌溉技术，让这个沙漠上的国家盛产各色新鲜果蔬，不仅丰富了自己的餐桌，还远销各国，有"欧洲冬季厨房"之称。

记忆之城——耶路撒冷的风风雨雨

　　耶路撒冷，the Holy City，世界上没有任何地方可以激发出如此的爱恨情仇。数千前来，人们来此与神交会，相信圣城是通往天堂的门径。这座在希伯来语中取意和平的城市，三千年里曾遭受过二十多次的征服、摧毁和重建。作为犹太教、伊斯兰教和基督教三大宗教的圣城，这里的干戈从未平息，一颗石头，一声枪响都会引起举世的喧腾。而今，这座遥远的中东小镇依然深深攫取着世人的想象力。

　　驱车沿着橄榄山迂回而上，便可以找到俯瞰全城的最佳视角。橄榄山是耶稣曾经布道的地方，遍布基督教的圣迹，据《圣经》记载，耶稣就是从这里出发，前往耶路撒冷，被钉上十字架。而犹太经典中则预言，世界末日弥赛亚将在这里出现，因此数世纪以来，橄榄山成为犹太人最神圣的墓地。

　　站在橄榄山高处远眺，耶路撒冷的城市风貌尽收眼底。伊斯兰教的金顶清真寺在阳光下熠熠生辉。寺周围被砖墙围起的区域便是耶路撒冷的老城，分为四块：穆斯林区、基督徒区、犹太区和亚美尼亚区。老城可由八个城门进入，里面如迷宫般街巷纵横，各民族毗邻而居。老城向西是19世纪后逐渐建立起来的新城，比老城区大两倍，聚集着现代化的商业区和工业园区，高楼鳞次栉比，是现代耶路撒冷的核心。

　　耶路撒冷是个敏感的城市，这里的一花一木、一砖一石，皆有渊源和归属。这是老城的南墙，它曾面临过倒塌的危机，而抢救方案的确立却牵涉到复杂的宗教问题，因为南墙的上面是世界闻名的有1300年历史的阿克萨清真寺，下面是有2000年历史的罗马帝国时期的废墟遗址，西侧则与犹太教圣地"哭墙"连为一体。

　　相传公元前10世纪，大卫王的儿子智者所罗门王继位，耗时7载，动用20万人在耶路撒冷的神庙山上兴建了一座华丽的圣殿，作为朝拜犹太教神主耶和华的地方，是古犹太人进行宗教和政治活动的中心。公元前586年，巴比伦军队攻占耶路撒冷，所罗门圣殿被付之一炬。半个世纪后，犹太人再度重建圣殿，却在罗马占领时期惨遭毁坏。从此，犹太教被禁，犹太人成了没有国家的民族，耶路撒冷这座曾经人口稠密的城市满眼荒凉。一些虔诚的犹太人设法买通罗马士兵进入所罗门圣殿废墟，在仅剩的一面残墙下哭泣、祷告，诉说着对故国的哀思。这堵墙被后人称为"哭墙"，它见证了犹太民族的苦难，也见证了犹太人民复国的理想。今天，"哭墙"成为了犹太教最重要的崇拜物。

走近些，发现男女自动分开，在哭墙的南北两段祈祷。他们相信，神灵就住在墙的另一边，亲吻或触摸这斑驳的石壁，便是与神最亲密的接触了。在这里，你可以向神要求任何事物，一辆新车，一栋房子，一桩良缘或者子女和自己的健康。无论要求什么，他们都知道这是一个祷告比较真实有效的地方。

凝神细看，石缝中夹着难以计数的纸条和信笺。圣城指派了一位特别的信差，处理每周寄至圣城、署名给神的信件。人们自世界各地提出各种各样的问题，请求神的协助，信差将信拿到哭墙，塞进石缝中，帮有求者达成心愿。

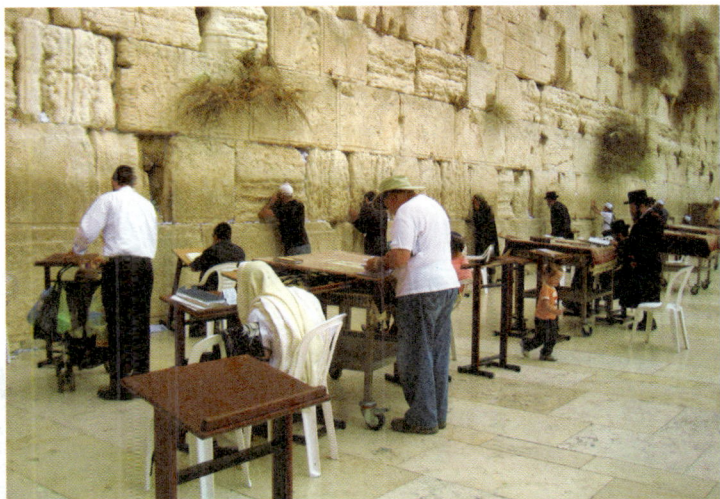

对宗教人士而言，这些石壁就是他们信仰的核心。他们贴着墙喃喃私语，如此热切而恭谦。我甚至开始揣测，与神的交流是一种怎样愉悦的体验呢？在永无穷尽的守望中，我倾听到"你"越来越近的足音。如同阳光携着绿叶和鲜花，走入了我的生命。一股甘蜜的泉水从我内心深处奔腾而出，我的双眼被喜悦洗得纯净澄澈，犹如经过朝露的沐浴，我的四肢躁动，犹如发出声响的琴弦。

有人说，有信仰的人是快乐的，因为他们的内心不再空虚。或者，每个人都该拥有那样一面墙，让你在静夜里可以悄悄地、坦露心灵地、极富情感地与它对话。

也正是在耶路撒冷，上帝之子耶稣基督脱胎为人，来拯救世界，经历了他人间生活最痛苦也最壮丽的时刻，尤其是被钉死于十字架和死后的复活。基督教的朝圣者们喜欢沿着苦路，就是传说中耶稣被宣判死刑后，背负十字架押往山坡上赴刑的路线，身体力行，体验圣灵所经受的苦难。苦路共有十四站，记录了耶稣行进中的种种事迹，这是第三站，是耶稣不堪重负、第一次跌到的地方。

"当时，我们看到他，没有赞美，没有尊严，也没有什么仪容可供我们欣赏。他只是一个被人鄙视、被人弃绝的人物，只是一个忧苦的人，饱尝了苦难。人家对他只是掩面不顾，他是被人舍弃的人，因而我们也把他视同无物。哪晓得，他竟替我们负担着苦痛，替我们承受着忧愁。"读着这段话，你也许会理解基督徒们为何不远万里，从世界各地汇集于此，纪念耶稣的受难与复活。只有最无私无畏的爱，才能唤起最忠实的追随。

　　苦路的终点便是这座看似貌不惊人的教堂——圣墓大教堂。就是在这里，耶稣被剥去衣服，钉上十字架，安葬，并于三日后复活，故它又被称为"复活大堂"。

　　夏多布·里昂曾这样记述，"这座大教堂由几座建在高低不等的地基上的教堂组成，用许多灯照明，显得特别神秘。阴暗是那儿的主调，能保持心灵的虔诚并进行反省。"对非教徒的我，这里的气氛却过于沉重晦暗。

　　教堂的壁画生动地描绘了耶稣被钉死后，被人从十字架上解下的情景。这孱弱伶仃的身躯曾经历了怎样深沉的苦痛？至此，耶稣可朽的生命结束，新的生命即将开始。

教堂里的这块膏油石名叫"涂油礼之石"，是一块蔷薇色的石灰岩板，当耶稣的尸体被人从十字架上取下，就安放在这块石板上。耶稣的鲜血渗入了石缝，在石板上永久地留下了殷红的石纹。耶稣在下葬之前，也是在这块石板上被沉香、殁药以及圣母玛利亚的泪水包围。基督徒们虔诚地跪在石板前，不住地用手抚摸，用唇亲吻，神色庄严而悲戚。被周遭的人们感染，我也带着敬畏摸了摸石板，触手冰凉，异常光润。

我想，耶路撒冷的魅力在于人们的信仰在这里找到了实体的支持，因为看到和触到这些圣迹而得到了印证和强化，在这些伟大事件的发生地点上坐着祷告与静心，一切以一种充满感性和灵性的方式重现，便成就了与众不同的、颤栗的体验。

几世纪以来，基督教分裂为各种不同的支派，希腊东正教派、亚美尼亚教派和罗马天主教派，每一支教派都想独占教堂，纷乱时起，争斗愈演愈烈，于是，1757年国际仲裁组织判定，以争端发生时所拥有的范围为永久范围，接近于强制性的停火协议。从教堂正门望去，前面的院子是属于希腊东正教的，而通往前院的楼梯则属于亚美尼亚教派。关键是楼梯最后一级台阶是属于院子的延伸部分还是楼梯，两派争执从未停止，在1920年有2位教士甚至因此被杀。教堂外部已是这样，教堂内更是变本加厉，每一个钉子、蜡烛、石头都如数清点，分归各个教派所有，还有些是共辖区。

教派尚且如此，教徒犹有过之。每个人都坚信自己的神是正统，具有绝对的排他性。信仰在他们心中如同激越的火苗，微小的摩擦就会掀起燎原之势，甚至不惜以鲜血和生命来捍卫。而圣城，便是在激情与暴力两种情绪中，散发着它奇异的魔力。

也许，越接近神，就越难与人分享他。

古城内是全世界最多元化的社区，三大教在方圆不到一平方公里内比邻而居。城内街道细密狭窄，店铺林立，贩售本地特产和宗教纪念品。各教严守地盘，几世纪以来各有自己的商店和市场。

出了老城，心上轻松了许多。历史的记忆被如此深刻地镌刻，以供人们一再地翻阅。但我相信，这朝圣之旅的本质，是为了启示和光耀前行的路径。正如这首名为《耶路撒冷》的诗中所言，人们不是走向耶路撒冷，而是从那里来：

> "人们不是走向耶路撒冷
> 而是从那里回来
> 沿着一条代代相传的路
> 满怀希翼
> 渴望被救赎
> 人们把记忆
> 装进帆布背包
> 在崇山峻岭中艰难地跋涉
> 鹅卵石铺成的小径上
> 人们虔诚地为往日的记忆感恩
> 人们不是走向耶路撒冷
> 而是从那里回来"

　　既然应该着眼于当下，不妨试着了解普通犹太家庭的生活。和中国人一样，犹太人也是非常好客的。为了和老城的色调、质感保持一致，耶路撒冷的住宅建筑也采用了当地特有的石材耶路撒冷石。这种纯净的白色大理石耐腐蚀，是上好的建筑材料，随着岁月的流逝，会呈现出淡淡的金色。这是好朋友David的家，小小的前庭雅洁可喜。

David是个明显的理工科出身、从事技术工作的人。他有一个来自美国的太太和三个可爱的孩子。和中国的父母一样，犹太家庭也极重教育。犹太人的智慧宝典《塔木德》中说："对于犹太人，学习是一生的课题。"在犹太教里，勤奋好学不但仅次于敬神，而且也是敬神的一部分。由于知识不可以被抢夺，而且可以随身带走，所以教育是最重要的。三个孩子接人待物大方得体，对音乐美术各有涉猎，谈及他们，David的脸上不时展露出兴奋和骄傲。

餐后，男孩子主动弹起了钢琴。明快的旋律如春日雀鸟的歌鸣，鸣声里飞扬着欢悦。

有什么比灿烂的微笑更打动人心呢？这原是世界上最美丽、最温暖的语言。如果神真的存在，这语言中或许是他所要传达的真意。

欲望都市——纽约的繁华与魅惑

　　纽约的魅力是不言而喻的，它的繁华，它的多彩，会让初来乍到的人眼花缭乱，仿佛坠入了一个五光十色的世界，惊喜着，迷乱着，沉溺着，不知不觉地为其所惑。四月下旬，天气骤然升温，连续三天的高温宛如炎夏，戴上墨镜，涂好防晒霜，我们迫不及待地投身于这座城市。

　　严格说来，时代广场并不符合一个广场的概念，它不够开阔，只是摩天楼群中两条马路穿过的三角地带，然而炫目的建筑、色彩缤纷的广告、百老汇剧院的集中地，让它成为了纽约的地标。无数的游客在这里穿行、拍照、小憩，领略着繁华的极致。这里汇集着国际顶尖的显示系统和创意画面，值得你去饶有趣味地解读。

　　喜欢音乐剧的我，站在百老汇的宣传照前，欣喜地辨认着那些熟悉的场景，选择着钟爱的剧目。正下方雪白的面具立体而出众，那是歌剧院的"幽灵"在召唤。

　　百老汇的原意为一条长街，却因为街上分布的几十家剧院而变成了美国现代歌舞艺术和娱乐产业的代名词。有人说，纽约之所以成为世界艺术的中心和娱乐先锋，百老汇功不可没。这里就像电影业的好莱坞，只是表演形式从幕后来到了台前，集音乐、舞蹈、戏剧为一体，极富表现力和亲和力。特别是那种不断挑战你视觉和听觉的酣畅与快感，那种观众和演员互动的热烈氛围，令世界各地的音乐剧爱好者如痴如醉。

　　商业街上高楼林立，而最瞩目还是曾经的美国第一大高楼帝国大厦。它高达443米，天气晴朗时，游客可以从观景台眺望五个洲。而使我记忆犹新的，是电影《金刚》中，那只痴情的猩猩坐在塔顶悲伤而孤绝的身影。

作为当今"最高品质与品位"的代名词，第五大道呈现出一幅高雅而时尚的美国现代生活图景，它集商业、居住、文化、购物为一体，一直处在潮流的尖端。本想多拍些照片，涌动在心头的购物欲却令我放下了手中的相机，鱼一样地穿梭在商店中。Tiffany是必去的，巨大的橱窗似乎还映着奥黛丽·赫本清丽的容颜，那个在《蒂凡尼早餐》中一边吃着手中的面包，一边幻想着某天能够在高贵的珠宝店里享受早餐的女孩是如此令人难忘。在这里，你可以一口气选出订婚戒指、结婚戒指，甚至五年、十年、二十年的纪念日戒指，再慢慢等待时光帮你实现愿望。

第五大道的尊崇与华贵源自19世纪初富有的纽约人将住宅选在了当时还只是一条乡间小道的它。靠近中央公园的一侧，仍可见那些美轮美奂的高级公寓，拥有俯瞰公园碧色的视野。

坐落在曼哈顿南区的华尔街，仅长500米，阴暗狭窄，楼高蔽日，却被视为美国金融帝国的象征。这里是美国大垄断组织和金融机构的所在地，集中了纽约证券交易所、美国证券交易所、投资银行、政府和市办的证券交易商、信托公司、联邦储备银行、各公用事业和保险公司的总部以及美国洛克菲勒、摩根等大财团开设的银行、保险、铁路、航运、采矿、制造业等大公司的总管理处，成为美国和世界的金融、证券交易的中心，人们一般常把华尔街作为垄断资本的代名词。

　　其实早在二十年前，许多金融机构就已经离开地理意义上的华尔街，搬迁到交通方便、视野开阔的曼哈顿中城区去了。华尔街附近挤满了古旧建筑和历史文化街区，道路也像蜘蛛网一样难以辨认，实在不太符合金融机构扩张业务的需求。"9·11"事件更是从根本上改变了华尔街周围的格局，有些机构干脆离开了纽约这座危险的城市，搬到了清静安全的新泽西。现在，除了纽约联邦储备银行之外，没有任何一家银行或基金把总部设在华尔街。虽然地理上的华尔街非常小，但它实质上却是美国的资本市场乃至金融服务业的代名词。

　　铜牛雕像是华尔街的重要象征之一，是由意大利艺术家狄摩迪卡所设计。这座铜牛身长近5米，重达6300公斤，人们争相与其合影留念，并以抚摸牛角的方式来祈求好运。狄摩迪卡是在1987年纽约股市崩盘之后得到了创作的灵感。他说："当我看到有人失去了一切，我感到非常难过，于是我开始为年轻的美国人创作一件美丽的艺术品。"为了筹资，他卖掉了家乡西西里祖传农场的一部分，总共筹得资金36万美元。1989年的一个午夜，他在纽约证券交易所外将这座后来举世闻名的铜牛塑像竖立起来，宣称它是"美国人力量与勇气"的象征。由于狄摩迪卡无法取得许可，数日之后，铜牛于1989年12月20日被迁移到几条街之外的鲍林格林公园现址。

　　乘渡轮缓缓向自由岛进发，岸边是密集的写字楼，财富、名利，高度一再攀升，我仿佛看到了欲望的集合地。

　　水中央，凌波的女子傲然而立，这个全名为"照耀世界的自由女神"已成为自由民主的代言人。她双唇紧闭，目色高远，头戴光华四射的冠冕，身着古罗马时代的长袍，右手高擎12米长的火炬，左手紧抱着一部象征《美国独立宣言》的书板，脚上残留着被挣断的锁链。这是法国著名雕塑家巴托尔迪的作品，是法国政府送给美国政府庆祝美国独立100周年的礼物。仔细观察，这个46米高的女子美丽端庄，仪态万方，巴托尔迪和身为女神模特的女子坠入爱河，令心上人的轮廓永远清晰地浮于海上，这算不算是一种铭心的浪漫？

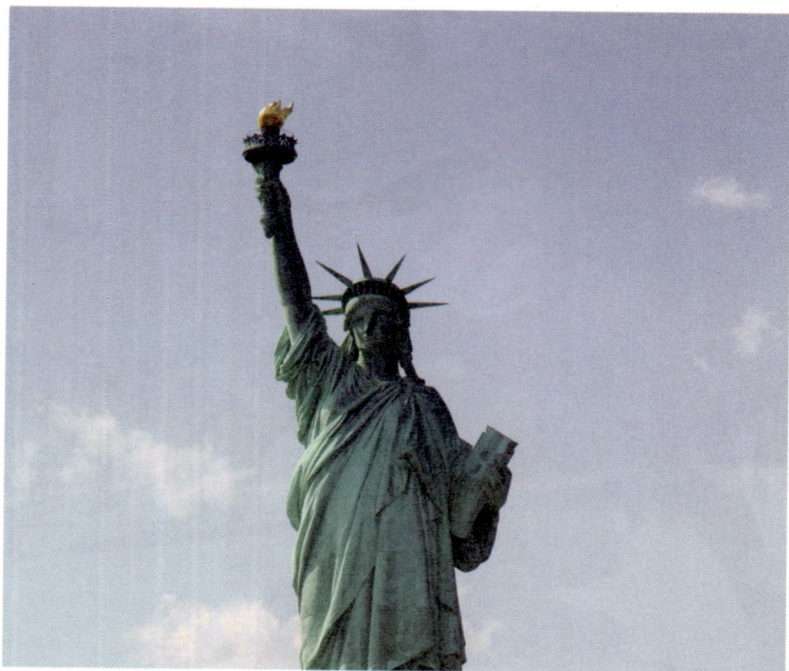

　　如果这浮华喧嚣令你厌倦，中央公园可以满足你遁世的愿望。被
称为"纽约绿洲"的中央公园面积大得惊人，茂密的树林，漫长的步
行径，清澈的湖泊，舒适的草坪，还有溜冰场和儿童游乐场，让它成
为闹市中的一方乐土。在寸土寸金的纽约市区开辟这样一个巨大的公
园，无疑是一大创举，得益于政府的前瞻性，纽约居民可以享受到安
静、纯朴、清洁的田园环境。

　　树木伸展着婆娑的手臂，自枝头捧出嫩嫩的绿。燥热的心绪渐渐
平复，这样盎然的春色里，你只想舒展，只想轻歌。

　　这里不仅是人的花园，也是动物的乐土。宠物们悠闲自在，或者
怡然地踱着步子，或者乖巧地依偎在主人身畔，看着来往的人群。那
些天使般的孩童，她们无邪的笑容，如铃的笑声，宛如一束最明媚的
光，照见生命的欣愉。

　　这样丰沛的阳光，人们自然不愿错过，带着热度灼在皮肤上，
赋予它蜜蜡般的颜色。从求学到生活，在国外呆的日子并不算少，可
每每看到人们赤裸地曝晒在太阳下，都会有种不以为然的情绪。国人
偏爱白净无瑕的皮肤，如瓷，如玉，如凝脂，如冰雪，那是文人笔下
诗意的联想。反观他们，晒得黑不溜秋，更别提这样做所带来的副作
用，斑点、老化、皮肤癌。

大都会博物馆也是不容错过的地方，它拥有超过三百万件展品，成百上千件艺术杰作，你可在这里消磨几天的时间。虽然与艺术无缘，我却总是喜欢流连在美丽的画作前，它们是如此地赏心悦目，巧妙地传递着画者的一点慧心。

这幅画名叫The lovers，是我最喜欢的画作之一，画家和他的未婚妻甜蜜相拥，如桌椅缠绕，缱绻温存，充满了童话式的色彩与想象。

喜欢法国画家雷诺阿的画，细腻的画笔总是围绕着妇女和孩子，远离苦痛和阴影，带给人们生活里甜美快乐的一面。娇憨的少女，羞涩的矜持，温暖明亮的色泽，羽毛般轻灵的笔触，处处体现了画家愉悦的审美和创作态度。

这个典雅秀丽的身影曾经无数次出现在明信片和各类图册上，她就是安格尔最后一次受命绘画的、以美貌而闻名的法国公主。画家不负所托，不仅一丝不苟地复制了公主的花容绮貌和高贵气质，亦将她华美的服饰展现无遗。明亮的湖蓝色锦缎长裙映衬得画中人肌肤赛雪，奢华的珠宝配饰在柔美的颈上熠熠生辉。公主在35岁便死于结核病，这幅画却让她的美成为了永恒。

　　然而一切始于入夜时分。看完了音乐剧《妈妈咪呀》，耳边欢快的旋律犹自回响，拂面而来的已是凉爽的风。

　　纽约的夜晚远比白昼生动，也更热闹，人们聚涌在广场前，感受着夜的繁盛。跳跃的广告，闪烁的霓虹，沸腾的人群，交织出不眠的夜的乐章。

　　这位身材火爆的西部牛仔与来自各地的游人亲密合影，引来女子一阵阵的尖叫。

　　刚好碰上一组时装片的拍摄，高挑的模特妆容精致，着一袭华丽长裙，站在街中央的隔离带上。摄影师、灯光师、造型师簇拥在她身畔，引得路人纷纷驻足。

　　长发、红唇，年轻的女子艳光照人，在众人的目光下欣然变换着各种姿势，酒红的裙摆漾起，如暗夜里盛放的一朵玫瑰，妩媚妖娆。

　　而纽约的夜色，一如这冷艳女子的眸光，不动声色地汲了你的魂魄。

　　帝国大厦的顶层，风从四面八方涌来，几乎令人窒息，然而更令人窒息的，是铺陈在眼前的灯火。上海、香港、东京，都悄然逊色。从任何一个方向看过去，都是如此闪亮而丰盛，如璀璨的星子，流动着惑人的光芒。

　　遥看灯火，如同欣赏着暗夜的诗篇，有妩媚的壮阔，华丽的哀伤。黑夜总是赋予人一颗善感的心，一经触碰便生出枝蔓纠葛，沉坠地牵连。所以，最好不要一个人看灯火，就如同不要一个人看烟花一样。因为，你总摆脱不了花市灯如昼，却不见去年人的落寞悲凉，或者忽然明白了谁才是灯火阑珊处的那个人，而那人却独独不在你的身畔。

　　所幸，我并不孤单。

　　新月如眉，眉尖柔情荡荡，暖化了夜的气息。爱月夜眠迟，这不寐的夜晚，有人与我共此明月，共此繁灯，共此良辰，并许我以无数这样相与相洽的夜晚，我知道，夜的锦绣才刚刚开始。

波士顿随想——哈佛的爱情故事

去波士顿游玩纯粹是慕了它的学院风。被誉为"美国雅典"的波士顿，仅在大都会区就拥有超过一百所大学，超过二十五万学生在此就读。而查尔斯河的对岸，哈佛、麻省理工这两所令无数莘莘学子心怀向往、蜂涌而至的顶级学府，一如新发的春柳，向你依依招手。

作为"世界理工大学之最"，麻省理工在它100多年的历史中，培养出了78位诺贝尔得主，是全球高科技和高等研究的先驱领导大学，也是世界理工科精英的会聚地，被纽约时报评为'美国最有声望的学校'。

校内的建筑秉承开放创新的风格，古典与现代混搭，虽不是那种让你一看会惊呼美丽的学校，却也别具特色。如茵的草坪上点缀着出自学校艺术中心的作品，为这所工科学校增添了一丝人文气质。

　　这幢奇形怪状的楼是学校的计算机科学中心，有人认为它的造型像刚经历了一场可怕的地震。然而它的特殊性又像是在提醒着那些专注学问的"书呆子"们，不要光呆在屋里，要用不同视角、不同思维来看看外面的世界，才会得到更多灵感。

　　大家对好学生，特别是理工科的好学生是什么印象呢？如果是男孩子，通常是胡茬满脸，头发凌乱，一身邋遢的着装，甚至还有厚厚的眼镜片；女孩子亦是素面朝天，不修边幅，不带一点装扮。他们如同单细胞生物，从不关注学术之外的领域。其实并不是这样，麻省理工有50个艺术社团，包括交响乐团、戏剧社、喜剧社等，院长查尔斯·维斯特曾经说过，"科学在于把两个看上去没有关系的现象联系在一起，从而得到一些新东西，而这些新东西常常会大大改变我们的生活。我认为这也是艺术的基本特征，寻找联系，揭示真理，从而改变甚至创造世界。"这也许就解释了为什么很多伟大的科学家都对艺术情有独钟，比如爱因斯坦是很好的小提琴手，达·芬奇则精通艺术与科学。

　　作为常春藤盟校之首，哈佛吸引了更多人慕名而往。1636年，移居美洲的英国清教徒为了其子孙后代的幸福，仿效当时剑桥大学的模式，建立了这所美国历史上第一所高等学校，史称剑桥学院，而逐渐兴起的小镇亦被称为剑桥。1639年，为了永久纪念学校创办人之一和办学经费的主要捐献者，英国剑桥大学伊曼纽尔学院文学硕士约翰·哈佛，学校更名为哈佛学院。

　　学校创始人哈佛先生的铜像被誉为美国四大著名雕像之一，更有人说，只要摸过他的左脚尖就能够金榜题名。仰慕者深信不疑，原本深褐色的鞋尖经过了"百年爱抚"，被摸得格外铮亮。据学生透露，这位目光炯炯的"帅哥"其实并非哈佛本人，因为他英年早逝，既没有留下画像，也没有子嗣，所以雕塑家只好从学校的学生中挑选了一个英俊的模特，铸成了这座神采飞扬的雕像。

　　除了它的学术名誉，真正让我对这所学校有所了解的是一部美国20世纪六七十年代的老电影*Love Story*。它是根据一本同名小说翻拍而成，故事的作者正是哈佛大学的一名学生。整个故事清新洁净，男女主人公在校园里相遇相恋，咖啡厅、图书馆、白茫茫的大雪、温暖的红砖房，镜头里弥漫着淡淡的温情和伤感，这也构成了我对这所大学的全部感知。这部简单、平实的电影为冷战时期的美国带去了一种久违的纯真和美好，也因此大获成功。同名主题曲荡气回肠，风靡全世界。

　　哈佛大学里有大大小小、不同类别的九十多家图书馆，每一所都有其特性，充分显示了哈佛非中心化的体制。不同的图书馆藏书各不相同，侧重不同的领域，面向不同的学者，而且各馆的经费也来自不同的渠道。

　　韦德那图书馆是哈佛最大的图书馆，目前藏书近300万册。此馆的来历非同寻常，据说当年泰坦尼克号沉没，韦德那先生就在其中，不幸罹难。后来，出于对爱子的悼念，韦德那的母亲将爱子的藏书和财产悉数捐予哈佛，用于建造一座大型的图书馆。韦德那先生生平喜好收集古书，放假期间经常赴欧洲旅行，搜罗古书。可惜他最后一次回国时不幸乘坐了泰坦尼克号并因此丧生。据说韦德那图书馆藏有世界上仅有的几部《死灵之书》之一，里面充满了通往神话世界的黑魔法。

　　学校的绿化做得很好，春日里一树树桃花、梨花开得极为繁盛，犹如学子们正茂的华年，与红砖白瓦相得益彰。而美好的学生时代的爱情也被一再刻画。热播的韩剧《哈佛爱情故事》也是在这里取景拍摄，吱吱作响的沉重木椅，百年历史的泛黄藏书，孜孜不倦的年轻灵魂，还有那永不熄灭的热忱和爱情。

幽静处又如同公园，可以安静地读书、小憩。

廊柱下，芳草匝地，两人切切低语。或是讨论，或是闲谈，或是所有校园故事的开始，如那角落里两三朵娉婷的小花，于无名处静静开放。

当然，作为顶级名校，学生们的压力无疑是很大的。正如学生所说："在哈佛，没有自动送上门来的东西，学校并不需要你。你不是最聪明的，只是芸芸众生中的一员，一切都得你自己去争取。"

哈佛每年还有个著名的项目，裸奔。一年级新生会在大考前，在哈佛园里举行传统的夜半集体裸奔——尖叫着跑两大圈，尽情放松整个学期下来绷得极度紧张的大脑神经。后来，这项活动渐渐演变成一种自娱自乐的庆祝方式，在大学四年里疯狂一把，让年轻不要留白。

很久没有这样徜徉在校园了，光阴回寰，却再也回不到原地，很多心境与情怀已经不同于往昔。也许正因为变化，才让曾经显得弥足珍贵。常春藤悄无声息地爬满了围墙，如同细碎的时光，攀上了你的容颜，丰富了你的故事，而唯一不变的，是记忆里那段泛着书香的岁月和饱满纯净的青春。

不经意驶入学校附近的一片住宅区，房屋样式精美，颜色各异，花幽园深，俨然成为一处景致。如此馥郁芬芳的小径，通向的是谁的门扉？花儿嫣然不语，春深园静，兀自娉婷，如同诗里、画里的光景。

波士顿位于美国东北部大西洋沿岸，是马萨诸塞州的首府和最大城市，也是新英格兰地区的最大城市。

作为美国革命期间一些重要事件的发生地点，查尔斯河南岸的老城区保留着一条曲折延伸3公里多长的街道——"自由的足迹"，沿途多为17、18世纪的房舍、教堂和独立战争遗址，如保罗里维尔厅、法语尔厅、旧州议会厅、南部会议厅、金所教堂、克里斯特教堂等。

波士顿创建于1630年，是美国最古老、最有文化价值的城市之一，每年吸引了成千上万的学子来这里留学深造，这让我眼中的城市显得年轻而充满朝气。

市中心的广场上，一群黑人在进行街舞表演，他们身手矫健，舞技不俗，引来频频喝彩声。

波士顿的移民以欧洲国家族裔为主，所以波士顿人在衣食住行方面颇具欧洲风格，小意大利区的意大利餐厅就十分正点。这家名叫Pomodoro的餐厅是Lonely Planet和朋友共同推荐的，不大的店面人满为患，排队一直到了街上，去之前最好预订。餐厅里不能拍照，所以我无法把色香味俱全的美味留在镜头里，只是放任了自己的味蕾，在海鲜和白葡萄酒中无限沉沦。

如果你碰巧是个球迷，如果你碰巧赶上了NBA季后赛第一轮第七场——波士顿凯尔特人和芝加哥公牛对决，你会不会因不愿错过这场盛会，即使高价买张黄牛票，也要冲进场好好体验一番？

经过了严格的安检，终于入场落座，场中的两队已经开始了准备活动。看台上座无虚席，凯尔特人的球迷占了大多数。

开球的时刻终于到来，大家屏住呼吸，紧紧盯着球场中心。因为是决定命运的战斗，双方使尽浑身解数，比分紧紧咬住。

每到暂停，凯尔特人的咔啦队便会以热辣的舞姿回馈观众，活跃比赛气氛。大屏幕随机地呈现出观众席上的情景，有的表情搞怪，有的动作夸张，当然，有的相貌出众。

经过两个多小时的苦战，凯尔特人不负众望，淘汰了公牛。虽然已是夜里12点，球迷们的狂欢才刚刚开始。

黄石国家公园忆趣
动物篇——种类繁多的野生动物

　　黄石公园成立于1872年，是世界上第一个国家公园。它位于美国中西部怀俄明州的西北角，并向西北方向延伸到爱达荷州和蒙大拿州，面积达8956平方公里，相当于半个台湾大小。这片地区原本是印第安人的圣地，却因美国探险家路易斯与克拉克的发掘，成为世界上最早的国家公园。

五月的黄石，春寒料峭，雨雪莫测。从盐湖城一路北上，温度渐行渐降，二十多度的晴好竟然下滑至零度左右的冷雨，让衣衫单薄的我猝不及防。

游客中心的四壁上陈列着各种动物的标本，巨大的头颅，长展的犄角和各色无法叫出的皮毛，强烈勾起了我对接下来旅程的好奇，这里究竟隐藏着怎样的惊喜，等待着我们的探寻？

进了公园，车速放得极为缓慢，在这里，你要充分发挥眼观六路的本领，随时可能冲击视线的飞禽走兽绝对是对你眼力好坏的最佳测试。路边成群的野牛成为了镜头里第一道风景，天野苍茫，细雨如丝，它们安详地进食，空气似也在一瞬间迟缓了下来。

这种身材健硕的野牛曾分布在整个美洲大陆，1541年，当征服者科罗纳多在美洲上岸并进入北美大草原时，野牛曾是如此众多，以至他认为"不可能对它们进行清点"。即使在一百多年前，来自东部的拓荒者曾目睹了野牛大迁徙的壮观景象，并且写下这样记录："当野牛移动时，大地宛如铺上了一块黑色地毯，三天三夜，绵延不绝。"当时，迁徙的野牛有千万头之多。

　　看着它们憨憨笨笨的样子，我们放下戒心，不断靠近。晚些时候方才知道，这些野牛的脾气是极大的，若不小心惹了它们，很难逃开来自犀利牛角的攻击，力大无穷的它们甚至可以轻而易举地掀翻车辆。所以当它们三五成群，大摇大摆地招摇过市时，往来的车辆尽皆相让，谁是主人一目了然。

　　纵是庞大如斯的动物，经过人类一场场的猎杀，数量也迅速减少。19世纪末，美国境内仅有位于蒙大拿州的国家野牛保护区及黄石公园还有少量的野牛生活。

　　黄石公园是一个实实在在的荒野，是保存于美国48个州中少有的大面积自然环境之一，在这里，自然维持着它的本真。自1872年开始，公园管理处对黄石公园采取"以火管理"（Let it Burn）的政策，只要不是人为因素造成，且不危及人的生命及财产的，园内的巡逻员都不干涉，让它自生自灭。

　　麋鹿又叫四不像，因为它脸像马、角像鹿、颈像骆驼、尾像驴。可惜正赶上它们换角的时候，无法看到那如巨大枝杈般伸展的鹿角。

　　长耳鹿有着和骡子一样的大耳朵，草地上随处可见它们的身影。它们骄傲地扬着脖子，白色的翘臀，维持着素食主义者的尊严。

　　小鹿们总是远远地躲在山上，这种单纯而脆弱的动物只能以距离来保护自己，虽然无法看得真切，我却好像感受到它们惶恐而无辜的眼神。

　　一只郊狼出现在视野里，惑于它孤单料峭的身影，我们驱车暗自尾随。不知为什么，狼总是给人遗世独立的隔绝感，它的背影有些落寞有些萧索，也许这就是作家钟情于狼的原因，研究它们的生活起居，它们的情感归属。浪漫如古龙，也创造出萧十一郎那样气质如狼的男子，孤傲不羁的外表下有一颗自然温软的心，只待那个敲开心扉的人。

当这只狼旁若无人地行至路面时，我们不得不停下车，生怕惊扰了它。人们从四面八方聚拢到视野较好的地方，各种镜头如长枪短炮般对准了它。我们的明星毫不理会，独来独往，不可亲近。

湖水上常能见到戏水的野鸭，大大小小，拖家带口。拉近了镜头，发现它们各个身材肥硕，想来这里食物供给丰富，营养全面。

公园里有专门的露营和住宿区域。这里的酒店大都盖成木屋形式，与园里的景色相协调，屋里设施简单，没有电视，没有手机信号，没有网线，让你断了摩登世界的一切念想，一心一意地领略自然的纯美。

壁炉里火烧得正旺，暖暖地烘着人脸，身上的寒意渐渐散去，有什么比这欢悦的炉火更能温慰旅人的心？

黄石公园以熊为其象征。园内约有200多只黑熊，100多只灰熊。在餐厅吃饭的时候，脸色红扑扑的女招待忽闪着大眼睛跑来告诉我们，远处的山上有熊出没，大家立刻放下刀叉奔向门口。远远的山上，一只大熊的身影若隐若现，而在它身后十米左右，一个游人举着相机亦步亦趋，毫无惧意。大家羡慕着他的运气，亦惊讶于他的勇气，一时间议论纷纷。

　　天色变化不定，大野牛也变得狂躁起来。山坡上，两只好战的野牛憋足了气，冷哼着向对方冲去，四角相抵，战成一团。胜负很快便见分晓。胜者守立当地，败者咆哮着向山下冲来，观者心惊胆颤。

　　黄石湖是美国最大的高山湖泊，长32公里，宽21.5公里，湖岸周长180公里，湖水最深处达百米。湖面上覆盖着厚厚的白雪，远处雪峰积素，林木幽深，蓝天上白云如絮，绕湖而行，我们仿佛步入了一个潇潇出尘的仙境。

　　骤然扬起迷蒙的雪花，野鸭掠起，消失在苍茫云水间。

翠鸟飒然飞过，发出婉转清啼，如一道亮色光线，我寻声而至。好肥的鸟儿，肚儿饱满如鼓，几乎看不见脖子，我有种想把它捧在手心里的冲动。

黄石湖往北流，形成黄石河，再往西北流淌没多久，黄石河突然右转，然后一泻万丈，形成两道黄石瀑布，一道有130米高，是上瀑布，另一道有100米高，称为下瀑布。

下瀑布携雷霆之势，轰鸣着泻入大峡谷。远远望去，水色莹洁如玉，激溅四散，如云如雾。这强而有力的冲击之势切穿了山脉，创造了神奇的黄石大峡谷。

峡谷长约32公里，深达60米，险峻异常。峡壁上风化的火山岩呈现出橙黄和嫣红等各种颜色，若在晴日阳光的照耀下，灿美夺目，艳丽如画，令人叹为观止。

黄石国家公园忆趣
景物篇——流光泛彩的地热奇观

　　黄石公园最具特色的风景，莫过于因地热而产生的种种奇观。天公作美，一夜呼啸的风雪于清晨止歇，从木屋走出，新阳熠熠，覆雪皑皑，确是个漫步的好天气。

　　溪水穿流，让眼前的景致变得极为清丽，极目四望，蓝天广袤而澄净，一袭滋润的水气，轻轻摩挲着面庞。
　　黄石公园的地热景观是全世界最著名的，而其中最绮丽奇幻的莫过于这些大大小小、形态各异的间歇泉。"间歇泉"来源于冰岛语"盖济尔"，意为"喷井"或"狂怒者"。科学家们发现，在黄石地表以下较浅的地方，热流和熔岩活动极为活跃，炽热的熔岩暖化了地下的泉水，使其从地表裂缝渗出或喷出，这便是我们今天看到的奇景。

　　沿着栈道一路前行，水烟缭绕，如山野间盛开的云色花朵。相传佛陀出生时，下地即走，每走一步即地涌金莲。而此时脚下地泉蕴结，每行数米便翻涌而出，不由得使人生出一丝飘飘如仙之感。

　　这些水的温度都很高，并含有丰富的硫化氢，故而吸引了众多细菌来此定居，这些细菌所携的不同的鲜活色彩，将热气地带沁染得五彩缤纷，艳丽夺目。

　　这汪水犹如伊人的眼波，盈盈漾漾又不失澄透，云天树影映在其中，如沉淀的梦。

　　面对这样的奇景，你不能不对造物主心怀敬仰。如巨大蚌壳般延展的泉眼中升腾的烟霭，是不是揉碎的珠魂袅袅，携了地的精魂回归天宇？

　　这素净的白宛如上苍的一滴泪晶，是颓丧，是悲悯，还是固执不化的冰心一点？

　　沸腾的水柱从火热而黑暗的地下世界不断喷涌而出。一些间歇泉的水柱气势磅礴，高度能达数十米，巨大的力量可以使它们在那样的高度上持续数分钟之久。我不知道是怎样深藏的渴望，才有如此强大的力量，如果我们心中也一样深怀向往，是不是终有一天也能跳脱层层禁锢，冲向更广阔的天空呢？

　　让我们怀着对自然的尊崇，用相机记录下这飞升的云霭，轻快的、迟重的、成卷的、如缕的，飞出尘寰，飞向天空深处。

　　这像不像某处神祇，仍可辨别的是神的巨大脚印，而他伟大的创造力便是对这片土地最美妙的恩赐。

　　在这里结伴而行，如同穿行在云里雾里，潭波汹涌，山声鼎沸，相携的人儿可会迷失？蓦地伸过一只手，与我的紧紧相扣，执子之手，这古老句子的深厚含义吟咏千年，依然暖动人心。

　　它如蘑菇似的可爱，等待着谁的攀采？难道造物主也有不泯的童心，抑或是他借此相告世人，只有秉着孩子般赤纯的心，方能与大自然体悟相通，妙契同之？

　　喜欢这水彩般的画色，可惜我不是诗情秀逸的诗人，可以将它凝成如锦的妙句，亦不是才华洋溢的乐手，能将这心湖里激起的成章的波动，谱成绝美的乐响。

　　嶙峋的怪石也来赴这自然的盛宴，看它怡然地吞云吐雾，从容自适，安享着属于它的时光。

　　此情此景，让我想起一位法国女作家的句子，"一重又一重，眼睛里藏着眼睛，心里藏着心。"生命如谜，幻彩如诗，你又能窥见多少，懂得几分？

　　寂寞的泉心为谁在沸腾？难道是不经意投射的云影，撩拨了它渴慕的涟漪，抑或是欢畅的鸟语，唤醒了它沉沉的酣睡？那冉冉而升的，不是轻烟，而是流泻的情思，悠长的回忆，甜美的惆怅，不灭的希冀。

　　如沉香炉里袅起一缕碧螺烟，缓缓地释放着内蕴的灵秀。自然之美是如此静定，让你不由得褪去了世情的浮躁；又如此本真，让你不能不以最纯洁的心相亲相待。

神的兵马俑——令人惊叹的布莱斯峡谷

　　布莱斯峡谷（Bryce Canyon）位于美国犹他州西南部，名字来源于摩门教先驱埃比尼泽·布莱斯，自1924年起成为国家公园。约6000万年以前，该地区淹没在水里，由淤泥、沙砾和石灰组成的沉积物随地壳运动逐渐抬升。庞大的岩床在上升过程中裂成块状，岩层经风化后被刻蚀成种种奇形，如同经过了大自然的鬼斧神工。

　　大片的石林延展开来，宛如神的阅兵场，千军万马严阵以待，从千万年前的地底浮现，恭敬地等待着主人的检阅。他们有着石头般坚定的信念和赤红闪耀的肤色。除了自然的神祇，还有谁能缔造这样的奇景，还有谁能拥有这样的忠贞和崇拜？

　　缓步走入神的兵阵，阳光烈烈地灼着人眼。山道上壁垒森严，记载着地老天荒的岁月，刻画着风雨水火的历程。

　　天然的石拱桥有蓝天为衬，青松为伴，不过穿拱而过的不是滔滔逝水，而是漫漫的流光。日复一日，年复一年，沉厚的岩石变薄弱，融雪渗入，雨水穿蚀，眼前的一座石桥，竟是用了千万载时光来雕琢！我不由肃然起敬。

　　站在这里，如同站在了流光的尽头，水枯，石烂，木已成槁，光阴确实有改变一切的力量。蓦然回首，你就在身后，穿过时光的无涯，穿过人世的洪荒，与我相望。

　　那么，天有多老，地有多荒，又有什么重要？

　　这是我第一次看到荒漠上盛开的仙人掌。在干炙的尘土与沙砾中，唯我而忘我的，舒放着绮艳的容光。从没见过如此骄傲和无惧的花朵，不需水泽，不倚浓荫，孤高出尘，遗世独立。或许，她是神赐予沙漠的礼物，因为任何一种存在，都有它独特的拥有，就像你之于我。

雅典——众神恩宠的土地

　　希腊可以说是欧洲文化的一大发源地，也曾是整个世界思考的中心，西方哲学、民主政治、文学艺术、奥林匹克、荷马史诗，它的影响深刻长远。古希腊人有着不凡的想象力和创造力，一本《希腊神话》道尽了天上人间的恩怨故事，也让这片土地从此成为众神的恩宠。据说，从天上，人间到冥界，共有三万多个"人格化的神"守护着希腊，那么，从踏上这片土地的一刻，我们是不是有了诸神的庇佑呢？

　　在文明国家的意识中，雅典是自由、艺术、民主的象征。沐浴着清爽的晨光，我们找到了位于市中心的酒店，不得不承认，这是我见过的最"别致"的前台。

两辆mini cooper左右对称，在半昧的灯光中挑逗你的视觉，我不禁莞尔，这是希腊式的幽默吗？

有人说，雅典的卫城是希腊的眼睛，亦是尘世间每一个旅行者精神与理想的栖息地。是啊，如果有一个地方可以最接近诸神，最接近梦想，卫城当是首选。它坐落在雅典城中央一个孤立的山冈上，山冈面积约为4平方公里，山顶石灰石裸露，高于四周平地70到80米。

沿街而上，两旁是林立的咖啡和餐馆，周到的希腊人随时准备慰劳你的胃。

希腊人认为他们最得意的三件东西就是阳光、海水和石头。那些历史久远古老残缺的大石成片地散落在山坡和丘陵上。千年前，它们曾是堆满财富的王城，聆听神谕的圣坛或英雄们竞技的场所，而今却只剩下些断碑和石柱。有心的希腊人却无比珍惜它们。他们并不曾移动或试图复原那些历史遁去后的残余，一根千年前倒在那里的石柱，今日仍躺在原地，因为这就是历史的本来面目，他们只是小心翼翼地为正在开裂的石头注射加固剂，定期清洗酸雨给石头带来的污迹。他们，懂得尊重历史。

空气翻滚如热浪，山门（Propylaia）前游人如织，它是卫城真正的入口，亦是通往古希腊黄金年代记忆的大门。消失了数千年的时光扑面而来，带着如丝般光滑流动的触感和隐约的、凸凹的历史轮廓。

　　当帕特农神庙（Parthenon）白色的擎天巨柱跃入眼帘时，我意识到自己正站在全世界仰望希腊文明的地标，自豪感油然而生。神庙主体建筑是长方形的白色大理石殿宇，分为前殿、中殿和后殿，四周为柱廊，用46根高30米、直径2米的大理石柱支撑。它代表了古希腊建筑艺术的最高成就，被称为"神庙中的神庙"。残缺的神迹之上，是无法丈量的华丽与虚空，几乎动用了后人全部的想象。

　　帕特农神庙是希腊人追求理性美的极致表现，视觉的游戏在此悄无声息地展开：看似等宽的柱身实际上是中间略粗，而看似垂直的柱子其实越往外围越向中间倾斜。这样的设计，有效地矫正了人类视觉的错觉。整个神庙暗合黄金分割的原理，称得上是多利克式建筑中的最高杰作。

依瑞克提翁神殿（The Erechtheion）建于悬崖边缘，传说这里是雅典娜女神和海神波塞顿为争做雅典保护神而斗智的地方。与神庙合为一体的少女门廊（Caryatides），由六尊少女像代替石柱围绕而成。由于少女的头部必须支撑沉重的殿顶，故颈部不能太细，设计者巧妙地在少女颈部保留了一缕秀发，增大了受力面而不减其美，成功地解决了建筑美学上的难题。少女们长裙曳地，举重若轻，不动声色地软化了理性刚强的神殿结构，将刚与柔完美地结合起来。

卫城脚下南侧有两个剧场，这是其中之一的希罗德·阿提卡斯（Odeon of Herodes Atticus）大剧院，至今仍在使用。世界级的音乐、戏剧、舞蹈在罗马式的露天剧场里轮番上演，以全新的方式向诸神献礼。

另一个则是位于卫城山脚下的建于公元前6世纪的酒神狄奥尼索斯露天大剧场（Theatre of Dionysus）。酒神狄奥尼索斯是奥林波斯众神之一，在神界的地位不是太高，然而在民间，他却是备受尊崇的神祇之一，因为他是酿酒和种植葡萄的庇护者，同时又是掌管万物生机之神，即丰年神。古希腊著名学者亚里士多德认为，悲剧是从临时口占发展而来的，源于"酒神颂歌"。公元前534年，酒神祭成为国定的全民节日，悲剧演出及比赛成为春秋季节酒神节的一个正式节目，伟大的悲剧时代由此开始。作为戏剧的发源地，这里先后上演了古希腊三大悲剧作家埃斯库罗斯、索福克勒斯、欧里庇得斯的精彩剧目，甚至后来的莎士比亚的剧目。两千五百年后的今天，似乎仍可以感觉到这些不朽的悲欢曾带给人们怎样"激情般的快乐"。

  从卫城上可以远眺东南处的奥林匹亚宙斯神殿（The Temple of Olympian Zeus）。起建于公元前515年的宙斯神殿是雅典最古老的神殿。希腊神话中，众神之神宙斯坐镇奥林匹斯山，拥有无上的权力和力量，他是正义的引导者，他对人类的统治公正不偏，现代的奥林匹克运动会即起源于为纪念他而举行的体育竞技。神力无边，竟唤我们于东方奥运盛世，远渡重洋来到美与勇气的源头，观摩奥运最早的发源地。

  从神的高度俯瞰城市，千年的起落悲欢，如同持续上演的剧目，唯一不变的是城市的精神，或者是神的子民们在历尽苦难后仍保有的平静快乐、自由质朴的心。

  柱廊是古希腊的标志，像男人一样阳刚的多利克柱式，像女人一样优美的爱奥尼柱式，还有充满浪漫青春气息的科林斯柱式和塔斯干柱式，它们支撑了那个时代的高大和辉煌。当阳光斜斜照进来，如同手指拨动了一根根琴弦，那些笔直圆润的柱子仿佛一下子有了生命的律动。沿着长廊漫步，你似乎能感觉到它们的注视和隐约的传达。

　　从卫城走下来，最渴望的就是一抹浓荫和一杯沁人心脾的凉饮。爱琴海上牛奶似的阳光有着炙烤般的热度，令人总觉得皮肤干燥异常，体内的水分流失得飞快。

　　神虽然高高在上，艺术却留在人间，并成为维系人与神的一脉线索。各种取材于传说的纪念品被沿街售卖，你可以选择自己喜欢的典故带回来留念，遥想当年的荡气回肠。

　　猫头鹰是雅典娜女神的爱鸟，所以希腊人视其为智慧的象征。这里随处可见陶制、石制、木制、银制，各种质地样式的猫头鹰。站在橱窗前仔细观察，这两只做工质朴的大头鸟儿性格迥异，大的憨厚稚气，小的却流露出些许狡猾神色。

虽然没有水彩颜料，我的镜头仍然为我刻
画了一幅可爱的图画，圆眼睛的婴孩表情严肃
而艺术，一只手下意识地指着某处，暗示了他
的需要和你的职责，很有范儿。

看到餐厅门口男孩子慧黠的笑容，忽然意
识到我们已经饥肠辘辘了。惯用柠檬和各色植
物香料，是地中海料理的特色之一。在这里，
人们可以体会到充满了香味和热情的饮食。当
然，还有本地佳酿"吾素"酒（Ouzo，俗称
火酒），看似清澈似水的酒色闻起来香气扑
鼻，搜索记忆，发现那是大茴香的味道，在中
国，我们称之为八角。地中海沿岸的诸国都可
以喝到类似的酒，不过这些茴香酒和茴香调酒
在世界各地有着不同的名字，品味时的感受也
不尽相同。当爱琴海的风徐徐吹来，飘散香醇
的茴香味便成为了对这片土地的永久封存。

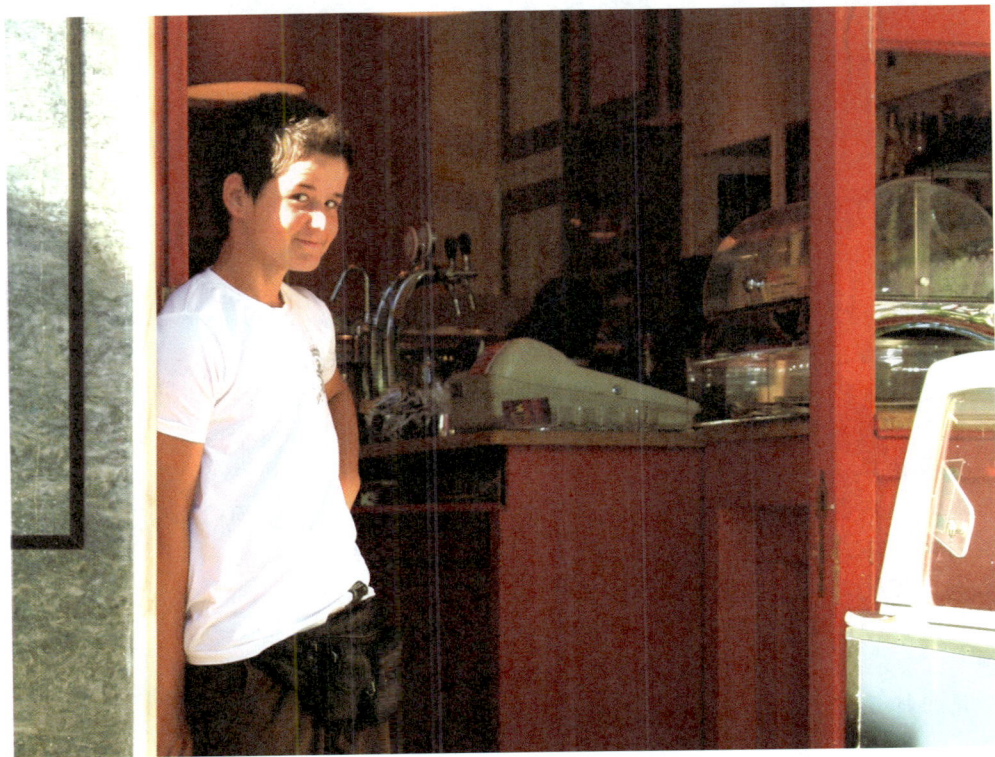

考拉情缘——与澳洲考拉的亲密接触

　　记得小时候每每因做错事而挨了大人责罚，都会满心委屈地感叹一番，来世不要生而为人，有这么多的麻烦愁苦，如果可以选择，我要当……当什么好呢？这个问题颇让我为难了一阵子：当树木太寂寞，站得那么累；当花草太脆弱，美丽短暂还容易被攀采；猫狗之类的宠物太没个性，只能跟在主人后面摇尾巴；鸟类太聒噪，自然界生存太残酷，说不好自己是食物链的哪一环，被吃得惨不忍睹，还要挨饿受冻。我不要！我要当一个可爱无忧的生命，不为衣食所扰，还有人类的庇护，吃吃睡睡，懒懒散散，于是，我想到了考拉，没有什么比考拉更理想了！但为了慎重起见，我一定要亲自考察一番才好，这个心愿维持至今，成就了我的澳洲之行。

  在澳大利亚布里斯本的Lone Pine 考拉乐园里，住着130只考拉，还有袋鼠、袋熊、短尾鹦鹉、飞袋貂等澳洲特有的动物。而在这里，我有了和考拉的第一次"亲密接触"。考拉的英文Koala 来源于古代土著文字，意思是no drink。因为考拉从它们取食的桉树叶中能获得所需水分的90％，所以只在生病和干旱的时候喝水。水都懒得喝，这样的境界可不是一般动物能企及的，我越发崇拜。想和考拉合影的人已排了队，面对神情激动的人类，考拉波澜不惊，眯着眼睛，懒洋洋地依偎在管理员怀中。管理员小心翼翼地抱着考拉，确保它们状态良好，一旦显示出倦怠情绪，立刻把它们放回树上，另抱一只过来替换。

  好容易轮到了我，先前的那只倦了，换来一个4岁的、正值壮年的"小男生"。管理员把睡意尤存的它从树上抱下来，先让它看了看外面的景色，又悄悄哄逗了一番，才抱到我跟前。

  要抱考拉也不是件容易的事。我必需要站在一个固定的位置，摆一个固定的姿势，然后管理员才谨慎地把考拉放到我怀里。它触手温软，体态憨厚，有一身浓密的灰褐色短毛，最可爱的是它扁平的大鼻头，让整张脸看起来那么幽默。小家伙丝毫感觉不到我的紧张和激动，坦然地趴在我怀中，显然对这种情况已是司空见惯了。

  不过，它实在是分量不轻，沉沉地压在我的胳膊上，真不敢相信它只吃树叶！

　　抱完了考拉，看看时候不早了，我们来到边上的餐厅吃饭。餐厅的四周有一圈围栏，里面的树枝上卧着一只只考拉，让人们可以边吃饭边欣赏这些憨态可掬的家伙。若说到懒，真是无人可出其右。考拉没有尾巴，因为它的尾巴经过漫长的岁月已经退化成一个"坐垫"，确保它能长时间舒适潇洒地坐在树上。它四肢粗壮，尖爪锐利，善于攀树，且多数时间呆在高高的树上，就连睡觉也不下来，大有一副你奈我何的气势。它们偶尔也会相互交流，叽叽咕咕一番，谈论天气和食物。

　　然而懒散不代表没有热爱，当管理员带着新鲜的桉树叶缓缓走近，考拉们展现出了前所未有的激情。当然，考拉中亦不乏个性的，相较同伴的激动，这只考拉保持着一贯的风度，一副成竹在胸的模样。果然，桉树叶先送到了它的身边，原来它早已不动声色地占据了有利地形。

　　考拉们胃口很大，却食路狭窄，非桉叶不吃。虽然澳大利亚有300多种桉树，可考拉只吃其中的12种。它们特别喜欢吃玫瑰桉树、甘露桉树和斑桉树上的叶子。一只成年考拉每天能吃掉1千克左右的桉树叶。

　　折腾了半天，终于可以用餐了，一天中最快乐的时刻终于来临。看着它们大肆进食的模样，我禁不住开怀大笑。能吃又能睡，这不是我理想的生活状态吗？如果有来生，当一只快乐无忧的考拉吧！

罗马——永恒之城的刚与柔

　　有人说，不曾到罗马一探究竟，便无法真正体会欧洲曾经的辉煌。罗马的可贵之处在于，它是世界上唯一一个在城市中心区保有大面积古遗址和待发掘区的首都，这里密布着古罗马共和国、帝国、中世纪、文艺复兴、19世纪意大利王国时期的建筑、遗址和废墟。随着时光的流逝，它们以特有的姿态述说着自己的故事和历史。在无数的建筑群中徘徊、仰望、嗟叹之余，我们禁不住思索：永恒的意义是否已悄然隐匿于这繁华殆尽，废墟中又衍生希望的周而复始中？

　　阴霾的天空下，石头对人们的感叹报以沉默，维持着恒久以来的矜持。

　　当阳光扫过时，看似冰冷的身躯又展现出另一番表情。它们，犹然带着昔时的气息，虽然因为岁月的消损而变得古旧、龟裂、残破和含混，却也同时沉静、苍劲、深厚和斑驳起来。于是，另一种美出现了。

　　斗兽场是无人会错过的地方，骤然看到它时，人们会被这庞然大物所带来的视觉冲击所眩惑。虽然美丑备受争议，可它仍然是罗马最热门的景点之一。这个公元69年开始修建的圆形大剧场呈现出巍峨雄浑的建筑美学，以至于在千年后的今天，残缺中仍透着让人仰之弥高的震慑力。

　　虽然已是半壁坍塌，这个占地两万平方米、可容纳五万观众的大家伙内部却基本保存完整。乘电梯而上可以俯瞰其全貌，正中是竞技场，看台下面是囚禁角斗士和野兽的囚室。

　　站在这里，仿佛依然会嗅到一段遥远的血腥气。公元249年，在罗马城建立一千年的庆典上，两千多个奴隶和无数野兽被相继抛入斗兽场，无一生还，贵族们茹毛饮血般享受着远古的野蛮与残暴。我的脑海里浮现出电影中角斗士惊恐的眼神和倒在地上喘息的野兽，无法想象那些人是以怎样的心情来观看人与人相残、人与兽斯拼的场面？公元404年，"人兽斗"被彻底禁止，沉寂的斗兽场失去了往日的喧嚣，留下了永远的肃穆。

　　斗兽场的附近孤独地站立着一座白石的碑坊，这是四世纪初君士坦丁大帝所建的凯旋门，也是罗马最大的凯旋门，其浮雕的构图与线的对称美实为近代绘画的先驱。

　　罗马的永恒来自于对石头的狂热崇拜。目光所及之处，教堂、浴室、喷泉、雕塑、老巷，甚至微小的装饰，无一没有石头的影子。古人相信，石头坚强的品质能够托付他们把一切传之后世的渴望。

　　面对这样的气势，我们除了惊叹还能做什么？那些艺术家，怀着谦卑的心和对艺术的热爱，日复一日的辛劳，赋予石头如此优美的形体和鲜活的生命力。难道他们也渴望自己精心的雕琢，能成为它日通往不朽的载体？

罗马人身上浪漫的质素体现在他们对喷泉的喜爱上。狭窄的街道因为喷泉和雕塑而显得诗意盎然。他们又赋予了喷泉美好的意向，令每一座喷泉都有了独特的含义，比如相思喷泉、解忧喷泉。而眼前这座电影《罗马假日》里出现的、让人一见难忘的，叫做特雷维喷泉。居中的是半裸的海神，他英武地踏在巨大的贝壳上，左右两边是代表富饶与安乐的两位女神，海神左脚边桀骜不驯的烈马象征汹涌澎湃的大海，右脚边听着螺号声踏浪而行的翼马象征着风平浪静的大海，喷泉沿着雕塑的石缝奔涌而出，汇成一泓碧波。所以，它还有一个浪漫的名字，叫做许愿池。如果你衷心喜欢罗马，就背对着它投一枚硬币吧，那么你重游罗马的愿望就一定会实现。

田园风格的帕拉蒂尼山是我最喜欢的地方，据说它的名字是由帕来斯女神演变来的。在罗马时代，这座山以遍及王室豪宅而闻名，其中一部分房屋以梦幻绘画著称。从这里可以俯瞰罗马城，眼前的景致如历史画卷般一一展开，延展至无穷尽。恍惚中，罗马的过去与现在交织重叠，在颠覆与重建中，呈现出它的本质。

　　那些美丽的松树如同巨大的华盖，温柔而孤高，它们是否还留着梦幻绘画的余韵？凝视着它们，让人感觉不到岁月的流逝。而它们的存在，也仿佛是意味深长的提醒，这重重废墟中，依然有种力量是可以直入云霄的，穿过历史，坚定而温柔的守护着我们。

　　千万不要忽略传说带来的种种乐趣。

　　这个圆形的、胖乎乎的脸蛋名为"真理之口"。它是一座大理石的人面雕像，镶嵌在一座罗马式教堂门廊的墙壁上，被认为是世界上最古老的测谎仪。传说中，如果作伪证的人把手放进它的嘴里，会一下子被咬下来。电影《罗马假日》中，格里高力·派克扮演的记者煞有介事地把手放在里面，突然痛苦地叫喊，奥黛丽·赫本饰演的公主被吓得花容失色，后来方知上当。这段两位演员的即兴表演为影片增色不少，"真理之口"也蜚声世界。

　　罗马人的时尚是不言而喻的。作为意大利的首都，这里的人们对穿着的推崇和讲究，是我见过的欧洲城市之冠。从年轻的摩登女郎，到穿着端庄得体的老人，一丝不苟的妆容，独具匠心的配饰，无不体现了他们对时尚的热衷，或者说，他们在诠释着时尚。而最具代表性的，莫过于眼前这个天使般的小女孩。如此彻头彻尾的精致，仿佛在告诉所有的女人，我们可以更加用心，更加美丽。

城中之城梵蒂冈

　　在罗马西北角呈三角形的高地上，坐落着世界上最小的国家，梵蒂冈，一个城中之国。梵蒂冈，拉丁语中意为"先知之地"，这个面积为0.44平方公里（仅相当于故宫五分之三大）、以四周城墙为界的国家，是世界上8亿天主教的精神中心。教皇自称是"基督在世的代表"，拥有至高无上的神权，既是国家元首，又是全世界天主教的精神领袖。

　　这个袖珍国拥有世界上最大的天主教堂——圣彼得大教堂。彼得是耶稣的12个门徒之一，也是耶稣最亲密和忠诚的门徒，彼得的名字就是耶稣所起，含义是"磐石"，意思是他将成为教会的基石。耶稣升天后，彼得以耶稣继承人的身份传道，公元64年，他在罗马被尼禄皇帝杀害，殉教后被后人尊为首任教皇，而之后的天主教皇都作为圣彼得的继承人，被看成基督在世的代表。大教堂为长方形，整栋建筑呈现一个拉丁十字架的结构，造型传统而神圣。

　　圣彼得大教堂正前方，284根巨石的圆柱如张开的双臂，圈出一个由柱廊围起来的广场，这就是闻名世界的圣彼得广场。这奇诡而雄大的廊柱森林让前来观赏的人们惊叹不已。石柱上方那些精妙绝伦的圣者塑像四百年来一直颂扬着当年那个才华横溢的建筑天才的名字：贝尔尼尼，巴洛克艺术之父。

　　教堂内部由五彩云石筑成，随处可见红石、青石、黛石参差雕成的纹饰，灿然华美。漫步其间，只觉深奥壮大，开朗而无尽。

　　教堂中央的拱形屋顶是米开朗基罗的杰作，为双重构造，外暗内明。这个大圆顶的建造可谓波折重重，最先是布拉曼特于1506年设计，1514年他去世后拉斐尔接替了他。六年后，拉斐尔也去世了，教会出于对教堂入口处光线对比效应的考虑，取消了圆顶。后来71岁高龄的米开朗基罗接替了这项工作，以"对上帝、对圣母、对圣彼得的爱"的名义恢复了圆顶。圆顶廊檐上有十一个雕像，耶稣基督的雕像位于中间，廊檐两侧各有一座钟，右边的是格林威治时间，左边的是罗马时间。

　　教堂门口护卫的兵士都是瑞士籍的，据说当年在保卫教皇的战斗中，瑞士士兵勇往直前，全部牺牲，为表彰他们的英勇行为，瑞士人获得了守卫梵蒂冈的永久资格。

　　从圆顶上俯瞰，圣彼得广场大气而不失威严，广场中心是巨大的埃及方形尖顶杯。这种广场成为后来欧洲独裁帝王建造宫殿室外空间的模式，虽然在规模上有所不及。想想看，在这样的地方接受来自四面八方顶礼膜拜，睥睨天下，是多么的志得意满。这是否就是权力的魅力？

威尼斯的冬天——浪漫多情的水乡

　　到达威尼斯的时候已近黄昏，虽然对这座水上城市的属性已有所了解，但是从车站出来，骤然看到一个以水为路、以船为车的世界，仍不免有些吃惊。无法想象这个城市是如何产生的，只觉得应如传说中描述的一般，从万顷碧波中缓缓升起。威尼斯的历史相传始于公元453年，当时威尼斯地方的农民和渔民为逃避游牧民族的侵扰，转而避往亚德里亚海中的小岛。肥沃的冲积土质，就地取材的石块，加上用邻近内陆的木头做的小船往来其间。在淤泥中，于水上，先祖们建起了威尼斯。威尼斯由118个岛屿组成，岛屿之间有157条河道，378座各式各样的桥，因此，有人说这里是桥的博览会，又称其为"桥城"。现在岛上保留着184座哥特式、文艺复兴式、巴洛克式、拜占庭式的教堂和修道院，44座宫殿，77座府邸，还有200多个广场，是一座驰名世界的历史文化名城和贸易中心。只是，踏上这座独一无二的水都，竟不免有些担心：这片辉煌荣耀的世界，是否会像海市蜃楼般消失于大海之中？

在近400座桥中，叹息桥是最有名的一座。它的一端连接着总督府，是15世纪时是犯人受审的地方；另一端则是监狱。审讯完毕，犯人就会被带到监狱行刑，叹息桥是连接两处的必经之路。犯人从桥上的窗口与外面的世界告别，因心生懊恼而不自觉地叹息，由此其得名叹息桥。

严整、华丽的总督府被拜伦称为"巨大而又奢华的宫殿"，它是威尼斯城内最典型的哥特式建筑。在共和国时期，这里是总督行宫和政府所在地，现在是威尼斯全盛时期的有力证据。

威尼斯人以海军为武力后盾建立了工商业社会，是欧洲当时最会享受生活的人民。他们自东方学来了声色之娱，极尽了奢华之能事。总督府用粉红大理石拼花贴面，被英国艺术评论家罗斯·金称为"意大利最美的民事建筑"。

与总督宫毗邻的圣马可大教堂是威尼斯的骄傲。它不仅是基督教世界最负盛名的大教堂之一，也是第四次十字军东征的出发地；它彰显着威尼斯的富足和荣耀，也述说着威尼斯的历史和信仰。大教堂建于11世纪，以特艺七彩金砌玉铺，装饰繁琐富丽，后期时有增修。故今天的大教堂是集东方拜占庭艺术、古罗马艺术、中世纪哥德式艺术和文艺复兴艺术等多种艺术式样的结合体。

雨雾交织，阴霾中仍可见精致的轮廓，却无法拍出更鲜亮的色彩。不知是辜负还是增了些独到的体会？

　　圣马可广场是威尼斯的中心，拿破仑曾把这里比作欧洲最典雅的画室，因为威尼斯的伟大建筑艺术全部展现在这里。

　　广场上鸽子成群，花1欧元即可购得一袋鸽食，但你一定要为接下来所发生的景象做好思想准备。在这个得天独厚的地方，连鸽子也很嚣张。手握食物的你将瞬时成为它们的目标，无数的鸟儿在你周身盘旋逗留，肆无忌惮地享受着人类的纵容。

　　这一只可谓有缘，在我肩头迟迟不肯飞走，想是找到了中意的落脚之处。

　　中国人对桥及其营造的意境是很有讲究的，从文人墨客的吟咏之中不难看出：小桥需配流水人家，石桥需配细柳拂丝，长桥需配湖水苍茫，风雨桥需配飞瀑流泉，索桥需配高山峡谷。这里却简单得多，虽为"桥城"，数米宽的河道上，是清一色的石桥，水边泊着船只，配着红砖绿瓦，却也别有一番风情。

　　这是莎士比亚的作品《威尼斯商人》中有名的阿里托大桥。当安东尼奥无限鄙夷地向夏洛克吐口水时，却未曾料到，这老人的怒火差点灼烧了他的生命。总觉得《威尼斯商人》并不能严格地称为喜剧，它如此成功地刻画了夏洛克这样一个充满悲剧色彩的艺术形象，同时也留下一个批判基督教民族歧视的深刻主题。

　　意大利琉璃制造业有着悠久的历史，因独特的制作方法及意大利人在艺术制品上所具有的创造力，其手工琉璃制品世界闻名。这种制作工艺是采用古老而独特的秘方，把不同燃点的天然矿物质熔在一起，完整地烧制而成。制作的时候先用高温将水晶熔化，然后工匠们用嘴吹出它的外形，在水晶降温的过程中，再将金箔、银箔以及各种色料溶入水晶里面，使其光泽度更高，各种色彩之间又通过特殊的油脂来间隔，显得缤纷亮丽。

　　走进了一家高级琉璃制品店，里面摆放着各种精美的工艺品，奇妙的色彩和形状，清澈透亮的质地，每一道蕴含的色泽都源于偶然，流光溢彩，犹如坠入缤纷的梦境。我与一个琉璃小丑结交，围着他上下打量，握手合影。可别小看他，你恐怕找不到比他更昂贵的小丑。

　　你见过这样肥嘟嘟的可爱脸蛋吗？发宇间坠着各种沉甸甸的葡萄，紫晶晶、红灿灿、乐陶陶的，让人忍不住想咬一口。

　　虽然是冬天，窗台上仍热热闹闹地摆满了鲜花，雇一艘小船，深入那河巷水陌中，仰视两岸的住屋和阳台上的花朵，还有那转折奇突的天际线和破碎的光影，威尼斯的迷人，就这么蜿蜒在时间和水流里，让人神牵魂绕。

　　最爱这里的面具，它们是一场华美的视觉盛宴。芸芸众生，谁不渴望拥有一个美丽的假面？戴上它，悲哀中乍现欢愉，平凡中流露妩媚，苍白中透出妖娆，高贵中暗含神秘，凋零中重见丰美，虚无中再现繁华。戴上它，谁还来计较孰幻孰真？这一具具假面，宛如暗夜里盛放的花朵，汲取月光的灵气，流转出诡异的艳丽。

　　威尼斯狂欢节是当今世界上历史最久、规模最大的狂欢节之一。到18世纪，狂欢活动盛极一时，欧洲各国的王公大臣、绅士淑女都赶到威尼斯，观看精彩的室内音乐和戏剧演出，参与街头和广场上的民众狂欢。在面具的后面，社会差异暂时被消除：富人扮成了穷人，而穷人乔装成富人；老人变年轻了，年轻人一下子老成持重起来；小人物借助面具代表的权威把自己装扮成大人物；男人可以变成女人，女人也可以成为男人。人类灵魂中不羁的一面终于通过"假的庇护"实现了。

　　夜幕降临，广场上灯花点点，就如同收集了繁星的光芒。有人说，要欣赏威尼斯的美，须得在夜色中出动，让自己迷失在网状的小巷中。月光如同利剪，把错综的民舍割切成抽象的剪纸，阴暗对比强烈。

　　卖画的人是否知道，被笼在灯晕中的他，已成为了别人眼中的风景？

　　威尼斯的夜曲是极动人的，语音纯粹清朗，声情热烈，飘荡在朦胧的夜里，如同爱情的召唤。隐约间，我仿佛回到了那个莎翁笔下浪漫多情的年代，英俊的男子乘一叶扁舟划向心驰的彼岸，玫瑰般娇艳的爱人早已守候多时。

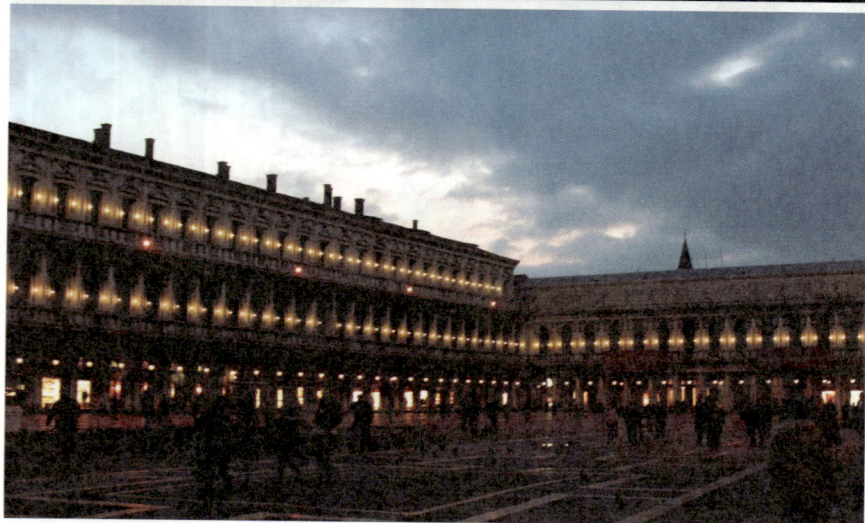

布拉格之恋
——驻足世界上最美的广场

尼采说："当我想以一个词来表达音乐时，我找到了维也纳；而当我想以一个词来表达神秘时，我只想到了布拉格。"没有一个城市能像布拉格一样拥有如此多的名称，"千塔之城"、"金色城市"、"神奇之城"、"东方巴黎"，或是卡夫卡笔下让他既爱又恨的"城市世界"……仿佛这座城市的每一面城墙，每一尊雕像，每一条巷弄都充满了故事，撩拨着你无尽的想象。

对于布拉格的认知始于那部米兰昆德拉的名著《生命中不可承受之轻》，而根据这部书改编的电影《布拉格之恋》将这座城市更广义的推向了世界。古老的石板巷弄，高耸的尖塔教堂，布拉格的沉郁和旖旎一点一滴地释放了出来，在灵与肉的欲念交缠中，在民主与专横的政治斗争中，在生命主题轻与重的探讨中，展现出其独特的风貌和质感。

其实，布拉格的魅力在于它的无所不包，它罕有地、完整地保存了中世纪历史一千多年的建筑精华，从罗马式、哥特式到文艺复兴、巴洛克、洛可可和新古典主义，远古与现代彼此交融相得益彰。这里曾经居住过欧洲最重要的天才人物、统治者、炼金术士、犹太学者。拉比勒夫将生命带给了泥土雕像；炼金术士们在皇帝鲁道夫二世的宫廷开炉提炼那颗能获得世上一切智能的贤者之石；卡夫卡写下了经历黑暗和压迫后所催生的呕心之作；斯美塔纳、德沃夏克、莫扎特和李斯特在此临接观众热烈的掌声；教会改革者扬·胡斯放声宣扬他的思想；哥白尼、开普勒、伽利略、布鲁诺曾弯腰在天文望远镜上寻觅他们的梦……漫步在布拉格的街头，你会不时迷失自己，而后依靠自己的慧心，找到那把引领你进入这座城市内核的密钥。

老城广场上的天文钟，是布拉格最有趣味的看点之一。这个复杂又奇妙的自鸣钟是15世纪中期由一位钳工用锤子、钳子、锉刀等工具的制造的。天文时钟上蓝色部分代表白天，钟的两侧是象征性的雕塑，左边代表了死亡和欲望，右边是空虚和贪婪。每到整点，钟上的窗门便自动打开，钟声齐鸣，12个圣像如走马灯似地一一在窗口出现，上方的金鸡也会振翅啼鸣。天文钟至今走时准确，观赏之余还可以对对自己的手表。

而每一次充满动感的整点报时，是所有旅人心目中布拉格经验里的绝对重点。当分针慢慢向时针靠近的时候，钟楼前就会被黑压压的人潮所占满，那种群心期待报时的盛况，直可比拟跨年的倒数。成千上万不同肤色的人，用一双双不同颜色的眼睛，仰望这近五个世纪的传奇。布拉格的风韵便在这历史久远的钟声里荡漾开来。

旧城广场位于老城的中心，被称为"布拉格心脏"。若是在广场中央如跳舞般缓缓旋转360°，就如同穿越数百年的时空，从古罗马风格到哥特风格的建筑，从文艺复兴到巴洛克风格，从洛可可式再到新艺术建筑，那一幢幢精致而典丽，个性鲜明的华宅如幻梦般一一闪过眼前，让你目不暇接。

这栋粉色的洛可可风格的建筑物是我的最喜欢的，它优雅而复古，并饰有三角形塔柱，现作为布拉格美术馆的一个分馆向大众开放。

面对这样的雕饰，即使如我这样的门外汉也能审度它们的美好。这就是建筑的艺术，或者说美是本无疆界的，它能在任何时候任何情况下震撼你，打动你，让你发出"呀"的惊叹。

早晨的广场，游人尚未聚集，一位老先生从容地吹起了萨克斯风，悠扬的旋律随风轻送，一瞬间捉住了广场上散步的人。雪白的圣尼古拉斯大教堂在他身后宁静而圣洁，如一处温柔缄默的守候。原来，广场深受人们喜爱的原因不仅是因为它美轮美奂的建筑，而是它散发出的态度，轻松而愉悦，仿佛巧克力缓缓在口中融化。

伫立在布拉格的广场上，不自禁地哼起了蔡依林的歌："我就站在布拉格黄昏的广场上，在许愿池投下了希望……布拉格的广场无人的走廊，我一个人跳着舞旋转……"此时此刻，这里没有流浪，没有忧伤，因为不远的地方，你在轻轻吟唱。

　　和许多欧洲名城一样，布拉格也是一个山清水秀的多桥之城，碧波荡漾的伏尔塔瓦河穿城而过，共有18座大桥横架在河水之上，将两岸的哥特式、巴洛克式和文艺复兴式的建筑连成一体。查理大桥是布拉格人在伏尔塔瓦河上修建的第一座桥梁，建于捷克历史上最昌盛的查理四世统治时期。该桥全长516米，宽9.5米，有16座桥墩，没用一钉一木，全用石头建成，是14世纪最具艺术价值的石桥。这座桥自诞生之日起便与众不同。据说，当年查理四世为了讨个吉利，在修桥之前特意找宫里的占星师恳谈了一夜，才定下大桥奠基的日子：1357年7月9日5点31分。这串数字刚好形成了一串数字回文，按照当地的书写习惯，即1—3—5—7—9—7—5—3—1。

　　夕阳西下的伏尔塔瓦河波光粼粼，像无数跃动的音符，它流淌着音乐大师们的灵感和激情。布拉格的灵魂中洋溢着音乐。

　　1874年秋天，后来被誉为"捷克音乐之父"的作曲家斯美塔那因患耳疾而痛苦万分并一度想结束生命。"那天清晨，我缓缓地走上大桥，没有人知道我想干什么。就在这时我突然听见了伏尔塔瓦河的激流在撞击查理大桥的声音……"斯美塔那在他晚年的回忆录中称伏尔塔瓦河的激流声是捷克人心灵的呼唤，而历经几百年风雨洗礼的查理大桥，则是他心中的祖国。在查理大桥边坐落着斯美塔那的故居，最值得一看的便是那份早已乏黄了的《我的祖国》原始曲谱。在曲谱的留白处，斯美塔那用斯拉夫文标注着查理大桥和伏尔塔瓦河的字样，因为那是他生命的源泉。而交响诗《我的祖国》的第二乐章也就是最著名的乐章就叫做《伏尔塔瓦河》。

　　这座欧洲最古老的长桥上有30尊圣者雕像，都是出自捷克17世纪至18世纪巴洛克艺术大师的杰作，被欧洲人称为"欧洲的露天巴洛克塑像美术馆"。现在原件已经保存在博物馆内，大部分已经换成复制品，其中桥右侧的第8尊圣约翰雕像是查理桥的守护者。据说，"二战"期间，隆隆的坦克曾穿桥而过，而桥却稳如泰山。其实，它坚如磐石的秘密在于砌石的灰浆里加入了蛋清。如今，大桥已成为街头艺术家的展示场所，迷你乐队、画家、卖小首饰、卖明信片、卖冰箱贴、玩偶艺人等各种角色与游客混搭在一起，十分热闹有趣。

　　大桥上的风景旖旎如画。与很多欧洲其他的城市不同，布拉格的美丽与浪漫既是由历史深处沿袭来的，也是从波西米亚人的骨子里透出来的，自由不羁，韵味独特。

　　建于9世纪的布拉格城堡，位于伏尔塔瓦河左岸的高岗上，与其说是城堡，却更像一座城市。几世纪以来经过多次扩建，仍不失城堡的整体性与协调性。共和国成立以后，城堡起到了综合作用，历代总统办公室均设于此地。城堡广场被巴洛克式的建筑围绕着，这里是通往城堡的首选通道。正午时分，城堡的卫士换班，引来了大批游客的围观，争相目睹捷克帅哥的风采。

　　城堡内的圣维特大教堂是历代皇帝举行加冕典礼的场所，哥特式的尖顶傲然挺立，如黑色的荆棘，刺破蓝天。大教堂始建于1344年，历经3次扩建，直到1929年才以典型的哥特式样完美呈现出来。几百年的精雕细凿，不仅留下了基督教的精神依托之地，也造就了世人欣赏建筑艺术的宝库：绘图灿烂的文艺复兴风格的穹顶，纯银打造的巴洛克风格的精巧陵墓，捷克籍著名画家慕哈设计的玻璃彩窗，多彩的马塞克作品《最后的审判》……这里不单是教徒朝圣的场所，也是西方文化艺术和文明的象征。

　　俯瞰布拉格是种享受，我们站在城墙上徘徊许久。暖橘色的屋顶连绵起伏，令整个城市充满了色彩与生机。其间点缀着无数或尖或圆的塔顶，"千塔之城"的美誉也由此而来。布拉格的教堂遍布全城，较之中国寺庙总建在远离尘世的名山之巅，这里的教堂更贴近生活。去教堂是人们日常生活必需的行为和功课。无论在任何时候，教堂都是人们精神的避难之所——"你是黑暗中迸发的光明，是从动乱、冲突、撕裂的心里萌发的善良；你是向全世界敞开的大厦；你是万物皆失时依然可得的礼品；你是尘世里的天堂，你为我存在，也为所有的人存在。"（泰戈尔）

　　黄金小巷是城堡内最诗情画意的小街。如童话故事中的一排排色彩鲜艳的小巧房舍售卖不同种类的纪念品和手工艺品。这里曾经是炼金术士居住的街，布拉格神秘之城的说法也是由此而来。相传在这条巷子里那些黑烟笼罩暗无天日的实验室中，鲁道夫二世命令他的炼金师们寻找着能够提炼黄金的神石。

真正让这条街名声大噪的，是22号那间简单得没有任何装饰的浅蓝色小屋，它就是著名作家卡夫卡居住过的小屋。如今已经成为一间专门售卖卡夫卡的书籍与明信片的书店。卡夫卡曾经说过："为了我的写作我需要孤独，不是'像一个隐居者'，仅仅这样是不够的，而是像一个死人。写作在这个意义上是一种更酣的睡眠，即死亡，正如人们不会也不能够把死人从坟墓中拉出来一样，也不可能在夜里把我从写字台边拉开。"这位表现主义大师恐怕无法想象昔日他为了写作而构筑的"孤独的城堡"如今已是游客们趋之若鹜的童话王国。

画像中的卡夫卡英俊的脸孔略带忧郁，审视着每一个进来参观的人。事实上，他并不像我们想象中那样身材瘦小，落落寡合。他身高一米八二，相貌英俊，一双清澈的大眼睛颇能虏获女性的芳心，这一点，他短暂一生中堪称频繁的艳遇足以证明。卡夫卡总共订过三次婚，三次解除婚约，究其根本原因，是他对家庭生活将毁掉他写作所赖以存在的孤独感的恐惧。在他所钟情的写作面前，常人视为理所当然的婚姻其实毫无位置可言，而他个人也不过是这古老的伟大事业心甘情愿的祭品。写作，是他那卑微、晦暗、支离破碎的一生中贯穿始终的不渝的信仰和力量。

布拉格最著名还有提线木偶，街道两旁随处可见形形色色的木偶店，大大小小的木偶层层叠叠的挂满四壁。提线木偶顾名思义，木偶的四肢和头部被线提起来，而这些线最终在木偶头部上方的总控制轴交汇，人们可以利用这一控制轴来操纵木偶。"游布拉格买木偶，就如游摩洛哥买上等地毯一样，是必然之选。"这是国际木偶联合会会长最为骄傲的言语。确实如此，在布拉格，没有人不为这些活络的木偶人心动。从亚洲到非洲，以至于中欧，木偶似乎遍地开花，只是在捷克，它们拥有了灵魂。追溯捷克木偶的前世今生，它们不仅仅是给孩子讲故事的辅助或提供简单的娱乐，木偶剧曾在捷克民族危难时成为传承民族精神和建立民族自信的重要工具，堪称捷克的国剧。

　　我对这个带有木偶元素的偶人情有独钟。"他"捉狭地看着窗外，大大的嘴角藏着秘密，充满了俏皮和伶俐。

　　如果你想用一种印象来定格布拉格，如果你像我一样爱桥，不妨找一个适合远眺的地方。在薄雾笼罩的清晨，在异常宁静的秋日里，默默地欣赏它们、品鉴它们，再将它们仔细地收藏在记忆里，让记忆停滞在眼前的这一刻。

克鲁姆洛夫
——盛开在五瓣玫瑰上的捷克古镇

地处波希米亚王国边界的捷克小镇克鲁姆洛夫，可以说是欧洲悠久的历史长河中孕育出来的最美的珍珠之一。因其自由的天性、绝美的意态和丰沛的活力吸引着全世界的背包客告别布拉格，沿伏尔塔瓦河逆流而上，越过南波希米亚森林里闲散的云、风和闪电，抵达这个位于捷克南部临近奥地利的小镇。克鲁姆洛夫这个有些绕口的名字也被旅行者们爱称为CK。

波希米亚原指古中欧的地名，占据了古捷克地区约三分之二的区域。当赶着天篷车的吉卜赛人哼着歌谣、潇潇洒洒地踏上流浪之旅时，这片土地也不经意间被染上了自由奔放的气质。克鲁姆洛夫（Krumlov）一词最早来源于德语，意思是"高低不平的草地"，正好描绘出伏尔塔瓦河水道蜿蜒地环绕着这片土地的地理风貌。这里从远古以来就有一定的凝聚力，早在公元前六千年就有关于人类在此长期居住的最古老的证明。小镇被伏尔塔瓦河呈马蹄铁形的河道所环抱，三座木桥连接了镇里的日常生活，上桥、过桥，随着河流的律动左顾右盼。

　　13世纪南波希米亚豪族维特科夫家族在此建造了城堡和老城，他们的族徽是五瓣玫瑰，到了14世纪，维特科夫家族淮亡，罗施姆别克家族成为了当地的领主，他们的族徽上也有五瓣玫瑰。罗施姆别克家族在此统治了300年，将小镇推向极盛，罗施姆别克和红色的五瓣玫瑰也永远留在了克鲁姆洛夫的街道和历史中。为了纪念他们，每年6月20号前后会举行为期三天的"五瓣玫瑰节"，克鲁姆洛夫人会换上波希米亚的传统服饰，整座小镇如同回到了那段数百年前的玫瑰岁月。

　　此后小镇几易其主，而经过几个世纪建造起来的集哥特式、文艺复兴式及巴洛克风格的庞大的城堡建筑群和城市的历史核心使它成为了不可多得的文化瑰宝，在1992年被列入联合国教科文组织的世界文化和自然遗产。

　　顺着山势漫步，不知不觉就走近了克鲁姆洛夫城堡。这座捷克第二大的城堡建筑群建于伏尔塔瓦河河谷旁高耸且凹凸不平的岩石上，它的价值不仅在于其中数量众多的哥特式、文艺复兴式以及巴洛克式建筑的整体，亦在于它的每一个组或部分与细节。几个世纪以前，城堡内的社会系统自成一格，曾有过牧场、谷仓、马场、啤酒厂等，还建有贵族医院和学校。

　　进入城堡所途经的第一广场曾经是牧场，一度因为附近的居民在庭院里饲养牲畜，尤其是猪的过量而形成了这个地方的"独特风貌"，引起领主的不满，下令猪们不许进入庭院——胆敢违抗禁令的猪将被拖出去送给穷人。如今的第一广场上遍植鲜花，阳光下是餐馆和露天茶座，谁会知道这里过去居然是个"动物农庄"。

　　16世纪下半叶部分封闭荒凉的哥特式城堡被改造成了文艺复兴式的住宅，许多画家在房屋内部和庭院里绘制了丰富的壁画。这座庭院的墙壁上描绘着虚构的神像、七颗行星、寓言里的四种品质、著名人物的半身像，寓示信仰、爱、希望、节制、力量、智慧和公正的寓言，还有至今不知名的古代神话场景。关于这些五彩拉毛粉饰的作者没有明确的记载，随着时间的推移，壁画因风化而严重损害，在1997年进行了大规模的修复。

　　城堡中的彩绘塔是克鲁姆洛夫的地标性建筑，无论从任何一个角度抬头仰望，都可以看见它耸峙的身影。彩绘塔最初是哥特式风格，后又改成了文艺复兴式风格，彩绘塔上的花纹图案远看以为是雕刻出来的，走近一看才发现是是画上去的。这种装饰方法被称为湿泥壁画，是一种十分耐久的壁饰绘画。它是在建筑房屋时，趁灰泥还没有完全干透时，就在上面开始作画，绘画的过程中色彩逐渐渗入墙面，从而使得绘画的色彩鲜艳持久。据说湿泥壁画兴起于13世纪的意大利，16世纪时趋于成熟，这种壁画在捷克的建筑中也是屡见不鲜的。不知是赶上了什么节庆还是拍摄，头顶上频频有色彩斑斓的热气球飞过，蜜蜂似的围着彩绘塔转圈。游人们朝着天空热烈的挥手，餐厅的招待，商铺的小贩也纷纷放下工作举起手机拍照，闲逸的小镇愈发热络起来。

站在高高的廊桥上俯瞰克鲁姆洛夫小镇，蓝天如衬，流水蜿蜒，橘红色的屋顶连成一片，如暖阳下盛开的花朵，梦幻般的塔尖高高耸起，仿佛撑起了一片无忧的梦土。更远处是葱茏的田野，一幅山环水抱的韶丽画卷就这样铺展在你眼前。

小镇又是充满色彩的，随处可见墙壁上的波西米亚彩绘。在这里，没有任何两幢房子是一模一样的，各家门头的装饰就足够人欣赏一番。如果嫌墙面单调，不妨画上砖和浮雕；没有窗子，就请画家来画上几扇。克鲁姆洛夫的匠人们都是神奇的艺术家，用颜料和画笔施起障眼法，卖弄着波希米亚人的机灵与俏皮。

漫步在中世纪的石板路上，越往小巷的幽深处走，石头上的磨损印记就越明显，却突显着别样的味道。文艺复兴时期，这里最常见的是炼金术士与石匠，小镇也因此散发着着魔法般的魅力。如果迷路也请不要着急，这在当地人看来反而是件美事，因为这周遭乃至一个小小的角落都散发着莫名的趣味与神秘。而且无论你走到哪里，只要一抬头，一定可以看见城堡中的彩绘塔，天空也因此而缤纷起来。

　　镇上虽然游人如织，但小镇那骨子里透出的闲散劲儿是如何也掩盖不住的。据说这里的年轻人大多到布拉格或者欧洲工作去了，留下老人和孩子们，故而小城的生活节奏就好像伏尔塔瓦河的河水一样轻柔舒缓。在小镇中你可以看到很多具有波希米亚情结的欧洲人，或坐在露天的咖啡馆中，喝着最正宗的捷克啤酒，或站在街边谈笑风声，好不轻松快意。

　　若是饿了，不妨选一家河边的露天餐馆，伴着眼前潺潺流过的河水，听着从圣乔斯塔教堂传来的连绵悠扬的钟声，欣赏着古城堡的巍峨与壮美，默默体悟着"波西米亚精神"的神髓：那是起源于游牧民族的自然，吉普赛人的豪放，加上适度的颓废文化，是一种不加掩饰的性格表露。

　　如果想要更深入地体会当地人的生活，可以住在他们自家开的民宿里。镇上的很多人家都开办这种类似于农家院一样的民宿，房屋雅洁设施齐全，很受游客欢迎。清晨起来，在料峭的秋意中抖擞抖擞精神，在房主的菜园里看看果树和蔬菜，呼吸一下混合着乡野气息的清鲜的空气，生活好像回到了本来的质朴与简单。

　　驱车经过一片湖水，一早守候在那里的垂钓人引起了我们的兴趣。他们早早地架起了长长短短的鱼竿，吃着早餐听着音乐，开始了等待收获的时光。虽然不懂英语，却并不妨碍他们的热情，比比划划地介绍了他们的钓具、鱼饵和钓鱼的方法。一条大鱼上钩！这个钓鱼人熟练地收线、捉鱼，骄傲地扬了扬手中的战利品，只见一条活蹦乱跳的大鲤鱼在他掌中不安地扭动着。接着，他没有片刻迟疑，如同约定俗成的规矩一般，把鱼儿放回了水中。他的笑意中，已经漾满了快乐和满足。

　　我却被他久久打动。

石头记——不朽的吴哥

　　破晓的吴哥窟据说是最美的。仿佛受到了这神秘古迹的感召一般，我们在夜色尚浓时便已收拾停当，雇了车，穿过沉睡的街巷，踏过缄默的甬道，如朝圣的信徒般，早早守候在古寺前。等待中充满了想象和揣测，那湮没在原始森林中的高棉王国，那盛极一时的寺庙与域池，那堕入蛮荒的灿烂文明……直到如莲的五座尖塔渐渐在晓色中浮凸它的轮廓，粉色的天空晕染如画，虚幻的真实一瞬间穿透你的臆想，千年时光如星子划过，留下不朽的石迹作为凭证。

　　吴哥窟建于公元12世纪高棉王朝的鼎盛时期，当时的国王苏耶跋摩二世动用全国之力，耗时二十五年，修建了这座庞大的石窟寺庙作为其国寺，供奉印度教的毗湿奴主神。寺前的池水经年不涸，提供了观赏的最佳视角。倒影的塔尖如伸展在水下的墨色花朵，它们象征着印度神话中位于世界中心的须弥山的五座山峰。

一轮旭日灿然升起，千万缕晨曦梳破云霭，吴哥寺却愈发沉寂，如一纸骄傲的剪影。不同于大多数寺庙，它正门朝西，面向日暮，有人认为它不仅是座规模宏伟的寺庙，亦是它的缔造者苏耶跋摩二世的陵寝。因为在印度教中，西方意味着往生后所去的方向。而寺中的画廊与浮雕也呈反时针方向排列，遵循了印度教葬礼时墓地巡行的方向。

初晨的莲池极为动人，仿佛挨入了幻金的霞彩，水中碎玉浮动，微波荡漾。光影里盛开着朵朵明丽的莲花，一枝一瓣清晰，一叶一蔓缠连，暗香浮动，娉婷生姿。

吴哥文明历经六百年，建筑之美令人望之惊叹，却在15世纪忽然消匿了踪迹。此后的几个世纪里，吴哥地区变成了灌木和杂草丛生的林莽与荒原，直到19世纪被发现之前，柬埔寨当地的居民对此也一无所知。

回廊重重，从这里看过去，宛若置身于时光的两岸，彼时气势磅礴的都城转眼人去楼空，此时的衰草寒烟中又埋藏着怎样惊心动魄的过往？日行月随，哪里是永昼？何处有永夜？可有不朽的王座，承住一生权贵？可有不破的城池，保住一世权霸？阳光悄然洒入，石廊中人影依稀，我们虔诚地沿着古人的步履，轻易穿越了无数的沧桑。

石壁上的仙女浮雕体态婀娜，头冠华丽，每一尊的动作、衣着皆不相同，面上带着惑人的微笑，西方人称其为"东方的蒙娜丽莎"。浮光中翩翩起舞，玉臂凝香，一抹恍惚飘渺的春意殷殷缭绕，和着岁月的未知旋律，风韵流转。

可惜我不是长袖善舞的女子。若能在这里足底生花，和风而舞，再千年后，是否会有人寻着芳迹，揣想当年的惊鸿掠影？

　　大吴哥又称通王城，是高棉王朝最后的国都，城市呈正方形，城内建有各式各样的宝塔寺院和庙宇，城门均为塔形结构，有四座通向城中心的巴戎寺，还有一道通向皇宫的胜利之门。

　　巴戎寺位于通王城的中心点，颓败的回廊和巨大的石柱，让我想起了北京的圆明园。可惜柬埔寨地处亚热带，没有萧索的秋天，若能将残阳冷照的寺庙和漫生的乱草置于秋色与暮色的双重苍凉里，定会加深它的沉郁沧桑，别有一番画意。

　　寺中央的49座佛塔均为巨大的四面佛雕像，佛像为典型的高棉人面容，据说是建造巴戎寺的国王杰耶跋摩七世的面容。佛像脸上带着安详的微笑，这就是令吴哥窟蜚声世界的"高棉的微笑"。

　　细看之下，这谜样的佛脸微笑又不尽相同，四面佛的四个面分别代表慈、悲、喜、舍，昭示着佛祖宽博与悲悯的情怀。众生穿行其间，总会被这深沉的眸光临照，心中亦各怀感念。

　　这王却是有私心的。身前身后的事迹早已湮没在浩如烟海的历史洪流中，唯有这石佛上的微笑，如霞光过目，被永久敬仰永久铭记。莫非他早已洞悉了一切？石佛不语，宽厚的唇角微扬，似有似无地漫出一丝慧黠和得意。

　　女王宫是我见过的最"迷你"的宫殿，整个建筑以朱红砂石砌成，奇巧别致。因为它的名字和观感充满了女性色彩，我猜想着这里也许出现过一位像唐朝武则天那样惊才绝艳的女子，事实却并非如此。关于它的来历有两种说法，一是说它是由女人建造的，因为它的雕工过于精美，似乎只有心灵手巧的女子才能雕刻出如此玲珑剔透的图案；二是说这是一座后妃居住的宫殿，因为战事频繁，所以吴哥王选择远离王城的地方建造宫殿，以便在战争期间藏匿后宫佳丽。

　　塔前的镇兽正襟危坐，个个神情肃穆，形象却颇具喜感。他们严肃的表情却让你相信，他们一定在守护着什么，纵然人面不再，桃花成泥，他们也从没有忘记自己的职责，盘膝一座，弹指千载。

　　如此旖旎的建筑若没有一则绮丽的传说映衬，总觉得缺了点什么。玫瑰般的色泽应该属于某个神秘女子流漾的发色，细密如扇的睫羽下闪动着醇酒般的眸光，而这里所有华美的陈设只为了不负她倾城的韶华。他太爱她，所以将她藏起，怕她行止间惊起的春意颠倒了众生。他虽是统领万物的王，她却主宰着他的灵魂。

　　王宫的墙壁、立柱、门楣几乎完全被浮雕覆盖，特别是女神的造型繁复圆润，线条纤巧流畅，冠绝吴哥。怎样留住她的美丽？只有最巧妙的工匠，最细腻的刀工，才能将她的风采捕捉万一。他为她，费尽思量。

塔不隆寺沉眠在丛林深处，犹如童话里睡美人的城堡。它是吴哥窟最神秘幽邃的寺庙，盘根错节的古木像被施了魔咒般，探出长长的手臂，缠上梁柱，深入石缝，裹起回廊，攀上门窗。它们毫无顾忌地占领了整个庙宇，日久天长地盘踞令两者结为一体，你中有我，我中有你，再也无法剥离。

此情此景，让我想起了电影《倩女幽魂》中的兰若寺，千年老树吐出如蛇信般鬼魅的枝虬，缠住了寺中生灵，缚住了哀艳女鬼，引来满腔痴念的落魄书生，衍生出一幕幕鲜花与枯骨交错的生生死死。

这木与石的奇妙纠葛亦创造了巨大的商业价值。电影《古墓丽影》里安吉丽娜·朱莉沿着古藤攀爬的性感身姿与散发着原始气息的丛林寺庙相辉相映，令此地声名鹊起，吸引了大量的影迷与游客。

最难忘的还是王家卫的电影《花样年华》的结尾，梁朝伟对着斑驳的古墙倾泻着他陈旧的秘密，那炽热与辛烈的情感，那爱欲纠结的晦涩人生，仿佛在一瞬间找到了归属。往者已矣，却在某个角落植下一种无法吞吐的伤痛，一寸寸噬啮着你的心，直到释放的那一刻。

这里，是一个埋葬秘密的地方。

　　这座名不见经传的寺庙，班黛咯蒂寺（Banteay kdei），却是我的最爱。它破败而残缺，石料不算上等，雕工亦不算上乘，在名寺如云的吴哥，它太不起眼，以至于我把与它的相遇归结为一种宿命的安排。因着它的无名，这里也异乎寻常地清幽，时有鸟语鸣脆，和着林木微籁之声，让人生出一种身心无扰、安然世外的静悦。

　　坐在这里的那一刻，我忽然明白了此行的意义，我仿佛注定要坐在这里，注定要与这石、这台续一段缘。一种无法言传的颤栗与熟稔瞬间传遍了全身，好像我一直坐在这里，从未离开过。光阴回溯，从春柳舒碧到兼葭含霜，我静静地守候与此，看微云穿户，数雁鸟疾飞。

　　有人说，人间一世如花开一季，春去春回花开花谢的记忆，季季相类。如同老树的年轮，于无知觉处静静叠加。却在某一动念间，借着那些似曾相识的场景，触动灵犀，惊动蛰伏深底的记忆。

　　我曾在这里等你，不急不躁，不怨不嗔。寺中闲静日长，岁月不惊，我在青石板上细细刻画你的轮廓，一朝隔别，万里系心。

　　不知道这样意味深长的等待包含了怎样的因果。今世与你同来，可是要印证这一段前缘？胸臆中涌动着千头万绪，却在与你相对的一瞬，化作一腔欣然的明媚，我找到了你，那些或有余伤的过往，已不再重要。

比粒寺建于10世纪下半叶，为古时皇家的火化神殿，是用来举行国王贵族火葬仪式的寺庙。按照印度教的教义，高棉人死后多用火葬，相信这样可以从善恶轮回中得以解脱，变身为神，所以这里又叫变身塔。

　　建筑上留有很多烧灼的痕迹，懵懂的孩童倒没什么生死顾忌，围着零星的游人兜售明信片和纪念品。过路人提出为他们拍照，三个孩子便一字排开，露出阳光般热烈单纯的笑容。

　　也许是受了这些孩童的感染，拾石阶而上的我步履轻捷。抬起头，迎上你柔软的目光，心花一绽，眉睫中的笑意如山泉般止不住地向外流淌。

　　塔顶呈现出古雅陈润的色泽，青碧如苔色浸染。昔人早已灰飞烟灭，往生之处亦终属渺茫，且让我们专心爱悦属于自己的寻常百年，专心经营属于彼此的方寸时空。

　　塔内的佛像身上，我竟发现了濒死的蝴蝶。听当地人说，常有快要死去的蝴蝶栖留于此，度过生命的最后时刻。这蝴蝶深具灵性，躺在佛手之上，意态楚楚，引出一捧说不尽的幽柔疼惜。难道这里真的能通向无忧无碍的极乐梦土？蝶翼鲜妍，我宁愿相信，这只是涔寂石上的一觉春眠。

　　一缕芳魂破体而出，迎着天光袅袅攀升。若有来世，它是否依旧投身为蝶，只翩跹于它所注目的芳香时节；或如放飞的鹍鹰，傲然展翅于更广阔的天宇？

　　眼前的情景如诗如禅，让我想起了泰戈尔《飞鸟集》中的句子，"使生如夏花之绚烂，死如秋叶之静美，"既然生命短暂，我们且像蝴蝶一样，莫辜负花间飞旋的每一寸流光。